Mister

I Edizione 2004

© 2004 - EDIZIONI PIEMME Spa, Milano
        www.battelloavapore.it - www.edizpiemme.it

Anno 2016-2017-2018   Edizione   9 10 11 12 13 14 15 16 17

Stampato presso ELCOGRAF S.p.A. - Stabilimento di Cles (TN)

IL BATTELLO A VAPORE

Pietro Belfiore

Mistero a scuola

Illustrazioni di
Sara Not

PIEMME

A Giorgia e Pandan

1
Nuovi acquisti

Pietro, io
in persona

MI CHIAMO PIETRO e ho tredici anni. Oggi è il mio primo giorno di terza media e non vedo l'ora di rincontrare i miei compagni, che non sento da giugno. Innanzitutto il mio migliore amico Carlo, con il quale l'anno passato ho litigato a causa di Cecilia, una ragazza molto carina che aveva fatto perdere la testa a entrambi. Dopo mesi di intrighi, però, Cecilia si è trasferita in un'altra scuola e noi due siamo rimasti a bocca asciutta. Allora ab-

5

biamo messo da parte la rivalità e siamo tornati buoni amici. Adesso, a distanza di tempo, al ricordo delle nostre penose *avance* a Cecilia, riusciamo perfino a farci due risate.

La seconda persona che ho voglia di rivedere è Gian Luigi, un ragazzo molto simpatico, con una dentatura pazzesca che cerca di correggere grazie a un apparecchio. Lo abbiamo soprannominato "Caccola" per via dei suoi continui scavi... internasali.

Anche Roberta, la mia eterna aspirante fidanzata, mi manca un po', con tutti i suoi estremismi rispetto all'ambiente, al cibo vegetariano, ai diritti delle donne. Tutti argomenti importanti, non dico di no, però... è che quando ne parla lei, sembra sempre che si tratti di cose che sono al di fuori della portata intellettuale di noi "maschi"!

Stamattina, dopo aver sbattuto immancabilmente la testa contro il soffitto bassissimo della mia soppalco-stanza, ho inforcato gli occhiali, unica mia speranza di vita, e dato un'occhiata alla sveglia: le sette! Ero in ritardo!

E io che tranquillo e beato mi metto anche a parlare con i lettori!

Certo, la mia scuola dista solo cento metri da casa, però il primo giorno c'è sempre la gara a chi si accaparra gli ultimi posti in fondo alla classe.

La regola è: meno sei sotto gli occhi dei professori, più possibilità hai di passare inosservato e quindi di cavartela. Perciò devo muovermi e arrivare a scuola il prima possibile.

Posso dunque stare a scegliere dei calzini che siano in tinta con la canottiera?

NO, DEVO ARRIVARE PER PRIMO!

Posso perdere tempo lavandomi la faccia o tagliandomi le unghie?

NO, DEVO ARRIVARE PER PRIMO!

Posso passare dalla stanza dei miei genitori per salutarli come un bravo e devoto figlio?

NO, DEVO ARRIVARE PER PRIMO!

Posso forse fare colazione?

Beh, per quella c'è sempre tempo… così riempio la mia tazzona di latte, formo quattro pile di biscotti e le decimo a una a una in pochi secondi. Intanto lascio che quattro fette di pane si tostino per bene,

poi le spalmo di burro e marmellata. Poco dopo ho fatto piazza pulita di tutto quello che c'è sul tavolo e, relativamente satollo, esco in cortile a prendere la mia "scattante" bici. Monto sopra la mia scheggia e parto in quarta in direzione sud, sud-ovest.

Percorse poche decine di metri intravedo la scuola Monteverdi. Parcheggio: vuoto. Atrio: vuoto. Aule: silenziose. Perfetto! Lego velocemente il mio bolide nel cortile e mi precipito dentro, riuscendo a inciampare due o tre volte sugli scalini dell'ingresso. Apro la porta e... (sublime spettacolo!) non vedo nessuno. Con gli occhi che mi luccicano per l'emozione, salgo le scale per arrivare al primo piano, dove c'è la mia mitica classe.

«Chissà» penso «se la mia cara Rosa, una delle bidelle più robuste e forti che io abbia mai visto, vincitrice per ben quattro volte del campionato di Wrestling piemontese, lavora ancora qui?».

– Pietruccio! Quanto tempo! – esclama una voce potente che riconosco subito. – Vieni qui che ti do una bella strizzata!

Non faccio in tempo a scappare: due

braccia mi stringono come morse d'acciaio, tanto che sento le ossa scricchiolare. Per fortuna, dopo aver notato che il mio viso sta diventando cianotico, Rosa molla la presa.

– Dai, vieni in bidelleria: ho una sorpresa per te – strilla poi, tirandomi per un braccio lungo il corridoio. – Quest'estate sono andata ad Arpicella, dove ho una piccola cascina con degli animali. Ho fatto tantissime foto... voglio che le guardi tutte... UNA PER UNA!

Oh no! Rischio di non farcela ad arrivare per primo in classe.

– Hai visto che bella quella con la capra bianca? – mi chiede lei sognante, mentre io sfoglio l'album più velocemente che posso.

– Sì, sì, certo, sono tutte bellissime – la interrompo. – Adesso però devo proprio andare in classe, è tardi...

– Ma no, sono appena le otto meno venti. Non è ancora arrivato nessuno. E poi mancano ancora delle foto – e tira fuori altri cinque malloppi.

A quel punto capisco di essere perduto. Mentre il mio sguardo disperato corre da

9

una foto all'altra, sento le voci dei primi ragazzi che, anche loro alla ricerca di un posto in fondo alla classe, stanno correndo verso le loro aule. Il brusio aumenta e diventa assordante. Poi suona la campanella e un'orda di studenti si precipita verso i rispettivi piani. Guardo Rosa cercando di impietosirla e finalmente lei si commuove e mi libera dalla prigionia.

Corro trafelato facendo i gradini a due a due ed entro in classe. Come temevo è piena, ma per fortuna i professori non sono ancora arrivati. Sono rimasti liberi solo due posti. Uno è in ultima fila, ma vicino al calorifero: quando viene acceso il riscaldamento, il povero malcapitato è condannato a cuocere a fuoco lento. L'altro posto è in prima fila, vicino a Gian Luigi, che sarà anche simpatico, ma non è certo il compagno di banco che uno sogna nella vita.

Costretto a scegliere tra la padella e la brace, decido di andarmi a sedere vicino a Caccola: almeno avrò un po' di compagnia... sempre che si possa definire così la presenza di uno che ha come scopo nella vita quello di battere il record mon-

diale di Scavo a Mani Nude nelle Profondità Nasali.

Appena mi vede, Gian Luigi si alza per salutarmi.

– Ciao Pietro, come va? Cos'hai fatto durante le vacanze?

– Sono andato a Londra a fare un corso d'inglese di tre settimane. Mi sono divertito un sacco, anche se non ho imparato niente – rispondo io.

– A proposito d'inglese, senti questi indovinelli: come mai gli anglosassoni chiamano *bas* i loro altissimi autobus a due piani? E perché chiamano *strit* le loro strade così larghe? Niente male, vero? Sono solo due delle centinaia di freddure che ho imparato quest'estate e che ti propinerò durante l'anno – mi rivela Caccola, sorridendo compiaciuto.

Con la coda dell'occhio lancio uno sguardo al posto vicino al calorifero, riconsiderando per un attimo la possibilità di lasciarmi arrostire a fuoco lento, risparmiandomi almeno la letale ironia di Gian Luigi. Poi però mi vengono in mente anche i momenti piacevoli passati insieme a lui. Così, alla fine, rimango lì.

11

Poso la cartella e la giacca e vado a salutare gli altri. Vedo subito Carlo: è abbronzantissimo e mi racconta di essere stato alle Maldive. Me le descrive come una spiaggia immensa e bellissima e un mare... un mare di ragazze. Roberta invece, che spunta all'improvviso, è andata a fare un campo con il WWF, dove ha salvato un istrice da una trappola. Interviene anche Gian Luigi che ad agosto, come ogni anno, è stato a Gardaland e come sempre al decimo giro di montagne russe ha vomitato. La cosa buffa è che se ne vanta, come se avesse compiuto una grande impresa.

A un certo punto cala il silenzio: si sentono dei passi nel corridoio, sono passetti veloci e ticchettanti, da scarpa col tacco. Corriamo subito a sederci, ma la preside Galimberti è già in classe. Nervosa e impaziente, tamburella con le dita sulla cattedra.

Avvicinandomi al mio banco noto che c'è una ragazzina fuori dalla porta. Ha i capelli castani a caschetto e gli occhi color caffè, porta un paio di deliziosi occhiali ed è molto carina. I nostri sguardi

s'incrociano per un attimo... poi Gian Luigi mi tira una gomitata: i miei compagni sono tutti in piedi sull'attenti e io sono ancora seduto. Mi alzo velocemente, ma quando mi volto di nuovo verso la ragazzina, lei è scomparsa.

– Buongiorno ragazzi! Spero che abbiate passato delle belle vacanze e che abbiate fatto tutti i compiti – la preside comincia uno dei suoi discorsi prolissi. – Sono qui perché devo presentarvi un nuovo acquisto della scuola Monteverdi.

Detto questo, esce dall'aula e rientra subito dopo trascinandosi dietro un'esitante ragazzina. È la stessa che ho visto un attimo prima.

– Ecco! – esclama la preside rivolta verso di noi. – Questo è Bezzi... Bezzi Alfredo, il vostro nuovo compagno... –. Poi si blocca: – Ops, ci dev'essere un errore... – mormora, controllando un elenco che ha in mano.

Io intanto metto a posto gli occhiali che mi sono scivolati sul naso e inquadro la nostra ex-futura compagna di classe. Le sue guance sono rosse come due rubini e le sue piccole palpebre si muovono continuamente su e giù. È uno schianto. Il mio cuore comincia a scalpitare come un cavallo selvaggio. Sono passati solo due minuti da quando l'ho vista e già ne sono innamorato!

– Tu non sei Bezzi Alfredo! –. È la preside Galimberti, che non riesce ad accettare il suo errore.

– Mi scusi, credo che ci sia stato un equivoco... io ero qui solo per accompagnare Alfredo... – azzarda timidamente la ragazzina.

– E lui dov'è, si può sapere? – la interpella la preside sempre più confusa.

– Sta salendo le scale...

– Beh, allora puoi andare. Sicuramente ti stanno aspettando in qualche altra classe.

Un attimo dopo, ansimando come una locomotiva, arriva finalmente il vero Alfredo Bezzi.

È un ragazzo molto grasso, con dei grossi occhiali e i capelli pettinati con la riga da un lato. Entra timidamente, arrossendo fino alla punta delle orecchie... era decisamente meglio la ragazza di prima!

– Alfredo è stato trasferito qui da un'altra scuola – spiega la preside Galimberti.

– Spero che resti con noi fino alla fine dell'anno, che non se ne vada via a metà, come invece ha fatto una certa Guardiano Cecilia lo scorso anno...

Il mio cuore ha un tuffo. Il nome di Cecilia mi risveglia ricordi che avrei preferito dimenticare per sempre.

Intanto il nuovo arrivato, spinto nervosamente dalla preside, si dirige verso l'unico posto libero, quello accanto al calorifero. Durante la sua interminabile e faticosa marcia verso il banco, però, il povero Alfredo inciampa e cade a terra lungo disteso. A quel punto scoppia una risata generale, che la preside cerca di zittire dandoci dei somari. Alfredo si rialza tutto sudato, più rosso di prima, e senza proferire parola se ne va al suo posto, mentre la preside esce dall'aula.

Finalmente arriva la professoressa di matematica. La sua attenzione si concentra sul banco in fondo alla classe: Alfredo Bezzi si alza in piedi e risponde a monosillabi alle sue domande. È timidissimo e le nostre risatine non lo aiutano di certo. Sembra un tipo solitario, per tutta la lezione non fa altro che fissare la finestra.

Quando suona la campanella dell'intervallo, le classi si precipitano in corridoio.

Carlo e io sappiamo cosa fare: come ogni primo giorno di scuola, da che mondo è mondo, i ragazzi di terza si divertono ad andare dai primini per "spaventarli", dando loro un assaggio delle sofferenze che dovranno patire ora che sono alle medie. Anch'io, ai miei tempi, avevo subito lo stesso trattamento... la cosa divertente è che non ci sarebbe alcun bisogno di fare tutto ciò: i primini sono già sufficientemente terrorizzati per conto loro. Per almeno due settimane dopo l'inizio della scuola camminano rasenti ai muri, parlando solo con l'amico o l'amica delle elementari, unico conforto in quell'ambiente estraneo e ostile.

Carlo e io ci avviciniamo alla I D, che è di fianco alla nostra classe, con l'intento di trovare qualche ragazzino da spaventare. Adocchiamo due bimbetti, particolarmente pallidi e intimoriti: sono aggrappati allo stipite della porta ad aspettare che il flusso di studenti si diradi per attraversare di corsa il corridoio, appiccicarsi alla parete di fronte e raggiungere i bagni.

– Ciao bambini! – dico io avvicinandomi. – Avete preso qualche brutto voto oggi, alla prova d'ingresso?

Scuotono la testa entrambi.

– Per fortuna... l'avete scampata bella... – continua Carlo. – Sapete cosa succede se questo accade, vero?

– Che... che... cosa succede?

– Ci sono due possibilità – proseguo io. – La prima è che veniate chiusi dentro l'armadio dalla preside per un giorno intero; la seconda è...

Ma la campanella che suona la fine dell'intervallo interrompe il nostro scherzo spiritosissimo. I due primini scappano a gambe levate, tirando un sospiro di sollievo. Per oggi l'hanno scampata!

Rientrando in classe, noto che Alfredo è rimasto seduto al suo posto per tutto l'intervallo.

2
La mia famiglia ai voti

Daniele e l'immancabile pasta al pesto

ALL'ORA DI PRANZO, Daniele, il marito di mia madre, mi mette davanti al naso il solito piatto di pasta. Oggi ha preparato gli spaghetti al pesto.

Divorato il mio pasto, mi allungo sul divano e aspetto che lui mi faccia la fatidica domanda: «Com'è andato il primo giorno di scuola?».

Allora gli parlo di Alfredo, della ragazza intravista nel corridoio e dello scherzetto fatto ai primini. Non l'avessi mai fatto!

Daniele comincia a raccontarmi degli scherzi che faceva lui alla mia età, di come se la spassava, eccetera, eccetera, della serie: «Ai miei tempi sì che ci si divertiva!».

Se fosse per lui andrebbe avanti per ore, ma per fortuna interviene la mia gatta Mimma che, affamata, si struscia sulle gambe di Daniele chiedendogli la sua razione di croccantini. Appena in tempo: stanno per cominciare i mitici Simpson. Ma...

DRIIIIN, DRIIIN, DRIIINN!!!

Oh no, il citofono! Chi può essere? Mia madre no di certo, e mia sorella Anna, che fa la quinta elementare, esce alle quattro e mezzo da scuola.

«Chiunque sia» penso mentre vado ad aprire «mi sta facendo perdere l'inizio dei Simpson. E ciò è gravissimo!».

– Pronto, chi è?! – urlo al citofono.

– Chi vuoi che sia? Sono io, Carlo. Mi hai detto tu di venire a casa tua per la merenda, non ti ricordi?

– Ma non così presto! – ribatto io, infuriato. – Non hai appena finito di pranzare, scusa?!

20

– Appena?! Che dici?! Se ho mangiato mezz'ora fa! Aprimi, dai, che ho una fame bestiale!

Gli apro velocemente, mi fiondo di nuovo sul divano, accendo il televisore e aspetto che Carlo si sieda accanto a me. Rilassati e comodi, ci guardiamo la nostra sana e giornaliera mezz'oretta di Simpson. Poi preparo un super frullato di banane e in tutta tranquillità Carlo e io ci mettiamo a parlare dei fatti nostri, sorseggiando come lord inglesi il nostro concentrato di vitamine.

– Eh... sarà dura quest'anno... gli esami... – sospiro pensando al futuro.

– Eh già... mi hanno detto che abbiamo anche un nuovo professore di lettere... Garito, mi sembra che si chiami – bofonchia Carlo, addentando una tavoletta di cioccolato che ha preso di nascosto dalla cucina. – A proposito di nuovi arrivi, hai visto che strano tipo è quell'Alfredo? Si fa prima a scavalcarlo che a girargli intorno – dice, alludendo alla sua stazza.

– In effetti il suo polso ha la stessa circonferenza della mia coscia!

Esauriti gli argomenti generali, pas-

siamo a cose più concrete, tipo come trascorrere il resto del pomeriggio, dato che non abbiamo compiti e il sole è ancora caldo. Decidiamo di uscire.

Dopo diverse ore passate a giocare a calcio nel parchetto di Pagano, torno a casa. Quando apro la porta, mi trovo davanti una bella scenetta familiare: mia madre, Daniele, Mimma e mia sorella Anna (dieci anni e nel bel mezzo della fase in cui le sorelline rompono le scatole ai fratelli maggiori) che sul divano guardano il telegiornale delle otto.

– Pietro! – urla mia madre. – Ti sembra questa l'ora di tornare? Ero in ansia...

– Ma se sono appena le otto – replico io. – E poi perché non mi compri un telefonino, così puoi rintracciarmi ogni volta che vuoi?

– Mai e poi mai! – sentenzia mia madre irriducibile.

– Zitti! – interviene Daniele sbraitando. – Se gridate così non riesco a sentire le notizie!

A questo punto anche Anna si sente autorizzata a dire la sua: – Sai che la mamma mi ha comprato una nuova Barbie? – insi-

nua subdolamente, conoscendo la mia suscettibilità. – Si chiama "Barbie Miss Italia" ed è la compagna ideale per un divertimento assicurato.

– Cosaaaa?! Hai comprato un gioco ad Anna? – grido fuori di me, rivolto a mia madre. – E per me?

– Volevi anche tu una "Barbie Miss Italia"? – ribatte mia madre, non so se per prendermi in giro o sinceramente convinta di quello che sta dicendo. – Non ti sembra di essere un po' cresciutello per queste cose?

– Ah, ah, ah... mi sembri Daniele, quando fai queste battute – rispondo imbestialito.

Dovete sapere che il marito di mia madre è famoso per le battute che fanno ridere solo lui.

– Siete voi che non capite il mio senso dell'umorismo – interviene Daniele, colpito nell'orgoglio.

Come se non bastasse, ci si mette anche Mimma che, miagolando insistentemente, mi si aggrappa ai calzoni con sguardo afflitto, supplicandomi di darle un po' di croccantini. Cerco di spiegarle che non è

il momento, ma lei fa finta di non capirmi e insiste. Nel caos generale, mentre mia madre rimprovera mia sorella perché non sta mai zitta, mentre Anna si lamenta perché dice di essere una vittima, mentre Daniele cerca di zittire tutte e due perché altrimenti si perde l'inizio del suo telefilm preferito, sono costretto ad accompagnare Mimma in cucina e a darle da mangiare, per mettere a tacere almeno lei...

Sarà meglio che vi abituiate a tutto ciò, perché questa è la mia famiglia. So che non è facile: io sono anni che ci convivo e faccio ancora fatica, ma "il dolce non è dolce, senza un po' d'amaro" (citazione dotta tratta da... un banalissimo Bacio Perugina!).

Dopo cena mi ritiro nella mia soppalco-stanza. La mia camera, sempre che si possa chiamare così, sarebbe anche abbastanza spaziosa, se non fosse che ha il soffitto obliquo. Nel punto più alto misura un metro e settanta e in quello più basso non più di cinquanta centimetri. È tutta blu: la moquette, i mobili, il tappeto, il copriletto. C'è solo una lampada che la illumina e questo la fa sembrare un po' cupa.

È tappezzata di poster dei Simpson e dei miei cantanti preferiti: Nirvana, Red Hot Chili Peppers, Rem, Garbage, Manu Chao, Jovanotti, Gwen Stefany. Una parete di legno, che io ho voluto per salvaguardare la mia privacy, mi separa dal resto della casa.

Entrato in camera, prendo una penna e tiro le somme della giornata. Sopra il letto, infatti, ho una tabella dove riporto giornalmente le votazioni dei comportamenti di tutti i membri della mia famiglia, compresa Mimma:

☺ se si sono comportati bene;

☹ se si sono comportati così così;

☹ se sono stati pessimi.

Oggi sono inflessibile: ☹ per tutti, tranne che per Mimma, alla quale do un ☹ perché, pur non avendomi portato le pantofole quando sono tornato a casa, come le ho insegnato a fare, in ogni caso si è comportata sempre meglio degli altri.

Questo mese, fino a oggi, mia madre si è meritata quattro ☹, quattro ☹ e solo due ☺. Idem per Daniele, dato che prende sempre le parti della mamma. Mimma invece ha ottenuto solo un ☹, perché ha

usato il bagno e non ha tirato lo scarico del gabinetto, due 😐 e il resto 🙂.

Per quanto riguarda Anna, quello di oggi è il suo settimo ☹. È deciso: quell'infingarda avrà ciò che si merita. L'obiettivo della mia missione punitiva sarà il suo diario segreto. Dovrò architettare un piano elaborato, perché mia sorella ha dei sistemi sofisticatissimi per proteggere le sue cose dalle mie incursioni. Quindi non sarà un gioco da ragazzi.

Stanco di questa emozionante giornata, raggiungo carponi il letto (l'altezza del soffitto non mi consente di arrivarci in posizione eretta), immergo la testa nel cuscino e lascio che mi avvolga con le sue piume.

3
Alfredo ha una sorella!

temibile
il professor
Garitò
dal colorito
grigio-
verde

BIP! BIP!! BIP!!!

Taci, sciagurata sveglia, taci!

Cerco a tastoni la causa della mia ira e la scaravento in un angolo della stanza. Apro gli occhi lentamente. Non so come mai sono finito sottosopra, con le gambe sul cuscino e la testa ai piedi del letto. Gli occhi di Bart Simpson mi fissano dal poster appiccicato sul soffitto. Per un momento cerco di immaginare che oggi non sia un giorno come gli altri, che abbiano proclamato una giornata di festa nazionale, e che quindi potrò rigirarmi dall'altra parte e riaddormentarmi fino a mezzogiorno, ma la voce di mia madre mi riporta alla realtà: – Pietro, muoviti pigrone! Devi andare a scuola.

Sconsolato, ma pur sempre affamato, faccio colazione, mi vesto ed esco di casa, senza mai cambiare espressione del volto. Ma una volta fuori, il mio umore migliora notevolmente. Il tempo è splendido, le strade sono ancora semivuote, gli uccellini cinguettano (ma sono veramente a Milano?).

Mentre mi affretto verso la scuola incontro anche Caccola, che mi rifila subito una delle sue solite barzellette. Corriamo veloci fino alla nostra classe, convinti di non trovare nessuno. Spalanchiamo la porta ed entriamo.

La classe è in penombra, le tapparelle sono abbassate e c'è un silenzio di tomba. Accendo la luce e in quel momento mi accorgo che qualcuno è seduto alla cattedra. È un uomo sulla cinquantina, di una magrezza spettrale, le guance scavate e il colorito grigio-verde. È calvo, con dei baf-

fetti lisci lisci e una barbetta appena ra-
sata. Ci sta squadrando severo attraverso
le lenti di un paio di piccoli occhiali da
notaio.

– Bene, bene – esclama con voce caver-
nosa, alzandosi in piedi. – Vedo che sono
capitato in una classe indisciplinata e ma-
leducata. O forse voi due siete soltanto
un'eccezione e i vostri compagni invece,
quando si trovano di fronte a un adulto,
prima di tutto salutano?

Gian Luigi e io balbettiamo un "buongiorno" tardivo. Abbiamo già capito di chi
si tratta.

– Sono il professor Garito, il vostro
nuovo insegnante di Lettere. Voglio però
precisare che non sono qui solo per inse-
gnarvi la grammatica, la storia e la geografia, ma anche e soprattutto per edu-
carvi. Sia ben chiaro che non mi lascerò
intenerire da un'accozzaglia di asini anal-
fabeti e maleducati. E adesso sedetevi, in
silenzio!

La reazione così esagerata del nuovo
insegnante ci lascia spiazzati e non riusciamo a ribattere. Quindi io e Caccola ci
rifugiamo svelti nei nostri banchi.

Il professor Garito, intanto, riprende a leggere il registro. Vorrei tirare fuori i libri dallo zaino e leggere le vignette del mio diario, ma non oso neanche respirare, per paura di scatenare di nuovo la sua rabbia. Se il buongiorno si vede dal mattino, questo inizio non lascia prevedere niente di buono!

Pochi minuti dopo arriva schiamazzando il resto dei miei compagni. Per fortuna! Ne approfitto per lanciare anch'io qualche grido. Non ce la facevo più a trattenermi.

Nel preciso istante in cui suona la campanella delle otto, il professor Garito si alza di scatto. Non mi ero accorto che fosse così alto. Sarà almeno un metro e novanta. Gli occhi di tutta la classe sono puntati su di lui, in attesa che parli o che faccia qualcosa. Gian Luigi e io temiamo il peggio.

L'insegnante comincia a girare tra i banchi, con lo sguardo sopra le nostre teste e le braccia incrociate dietro la schiena. A un certo punto si ferma davanti a Carlo che lo fissa, per nulla impaurito.

– Che cos'è questo orrore? – grida Ga-

30

rito, indicando il suo banco tutto pasticciato. – Ti sembra il modo di trattare un oggetto di proprietà della scuola? Eh? Rispondimi!

– Prof, scusi se mi permetto di contraddirla, ma questo banco l'ho trovato così – si difende Carlo in tono provocatorio.

Non avete idea dell'espressione che assume il prof sentendo questa risposta. Di certo non si aspettava una tale faccia tosta.

– Ascoltami giovanotto, – esordisce digrignando i denti – se pensi di poterti rivolgere a me con quel tono...

La ramanzina viene interrotta dall'entrata inattesa e sicuramente fuori tempo di uno studente ritardatario. Trafelato e ansimante, appoggiato allo stipite della porta, c'è Alfredo, che cerca di recuperare il fiato per potersi scusare.

Proprio oggi doveva arrivare in ritardo?! Per la prima volta temo seriamente per la vita di un mio compagno.

– Ah... uff... scu... sss... ahhh... uff... tehhh... – boccheggia.

– Mi sembra di capire che per questa classe la buona educazione è un attributo superfluo – tuona il professor Garito.

– Sono appena arrivato e sono già stato costretto a urlare due volte nel giro di cinque minuti.

Poi si rivolge al povero Alfredo, che sta ancora cercando di riprendere fiato: – Sai che ore sono? Eh? Le otto e cinque! È questa l'ora di arrivare? Stai pur certo che avviserò la preside di quanto è accaduto.

Quindi si volta verso il resto della classe: – E adesso tutti seduti e in silenzio!

Senza capire cosa sta succedendo, Alfredo si affretta a raggiungere il banco in fondo alla classe. Alcuni dei miei compagni, capeggiati da Marcello, un ragazzo odioso che sa solo fare la spia e prendersela con i più deboli, fissano il povero ritardatario con uno sguardo di rimprovero, come se fosse colpa sua se il professor Garito si è arrabbiato.

La giornata prosegue senza altre sfuriate e finalmente la campanella dell'ultima ora mette termine alle nostre comuni sofferenze.

Usciti da scuola, però, Marcello e altri due tizi si mettono a dar fastidio ad Alfredo, ancora convinti che sia colpa sua se la preside verrà in classe a rimprove-

rarci. Alfredo cammina diritto cercando di far finta di niente, ma Marcello a un certo punto gli afferra gli occhiali, si rifiuta di ridarglieli e glieli tiene in alto, in modo che lui non possa riprenderli. Io e Carlo stiamo per intervenire quando... da un gruppetto vicino all'ingresso spunta la misteriosa ragazza che avevo visto il primo giorno fuori dalla nostra classe, si ferma davanti a Marcello e, senza che lui abbia il tempo di rendersene conto, gli tira una gomitata nel fianco.

Gli occhiali di Alfredo cadono a terra. Lei li raccoglie e li restituisce al legittimo proprietario. Poi si allontana e ritorna dai suoi amici. Non c'è che dire: "toccata e fuga".

Marcello, intanto, aiutato dai suoi "scagnozzi", Matteo e Mattia, si rialza e si avvicina ad Alfredo.

– Per questa volta sei stato fortunato, ma la prossima non ti andrà così bene... – gli sussurra all'orecchio con aria minacciosa. Poi, rivolto a Matteo e Mattia, dice ridendo: – Avete visto che schiappa, il ciccione? Farsi difendere da una femmina! Andiamocene, dai...

Dopo aver tranquillizzato Alfredo, ci allontaniamo tutti e tre insieme.

– Chissà perché quella ragazza è intervenuta? – chiede Carlo.

– Chissà come si chiama? – ribatto io.

– E inutile che v'impegnate in strane congetture. Ve lo dico io chi è quella ragazza: si chiama Alice ed è mia sorella – ci rivela Alfredo.

Tutto avrei pensato, tranne che lui e quella ragazza così meravigliosa fossero fratelli!

4
Un improbabile ospite

la scimmietta misteriosa

NELLE SETTIMANE che seguono, un po' perché siamo troppo indaffarati con lo studio, un po' perché il nuovo professore, oltre a riempirci di compiti, appena può ci castiga costringendoci a rimanere in classe durante l'intervallo, non avvengono altri episodi spiacevoli.

Una mattina, però, succede qualcosa che ci scuote dal nostro solito torpore. Tutto accade all'inizio della seconda ora, durante la lezione di storia.

Mentre il professor Garito sta facendo scivolare lentamente il dito sul registro per scegliere la vittima da interrogare, dalla finestra aperta entra una piccola scimmietta marrone, che assomiglia a quella del cartone animato *Aladin*. Indifferente allo sguardo di rimprovero del nostro insegnante, l'animale inizia a saltare da un banco all'altro, gettando la classe nel caos più totale.

– Fermi e zitti. Non lasciatevi distrarre! – urla il professore cercando di riportare la calma. – Non illudetevi che una insulsa scimmia entrata inopinatamente da una finestra vi salvi dall'essere interrogati!

Così dicendo, nello stupore generale, si piega sul registro e ricomincia a passare il dito sul foglio. La classe piomba di colpo nel silenzio più teso. Gli unici a fare rumore sono la scimmietta, che si gratta la testa, e Caccola, che cerca inutilmente di liberare il suo dito infilatosi per la fifa troppo in fondo al naso durante uno dei suoi consueti scavi.

Anche Alfredo sembra in difficoltà: si sta spruzzando in bocca uno spray per l'asma e respira a fatica. Deve essere aller-

36

gico al pelo dell'animale, poveretto. Certo che ce le ha proprio tutte!

– Credo che oggi interrogherò… Pietro! – esclama Garito.

Il cuore mi arriva in gola.

– Oppure no… no, no…

Il cuore scende e ritorna al suo posto.

– …Anzi, invece sì! Dai Pietro, vieni fuori a parlarmi della lezione che dovevate preparare per oggi – conclude il professor Garito, sorridendo della sofferenza che ha provocato la sua indecisione.

Io invece, per niente divertito, mi avvicino a testa bassa alla cattedra.

– Immagino che tu abbia studiato e che sappia di quale argomento abbiamo parlato, vero Pietro?

– Beh … immagino… di sì. Della ri… la rivoluzione indu… dustriale… – balbetto.

– Bene. E che sai dirmi in proposito?

I miei occhi vagano per la stanza, dal prof Garito alla scimmia, che intanto ha ripreso a saltellare da un banco all'altro sotto lo sguardo stupito dei miei compagni.

– Allora? – mi richiama l'insegnante.

Tento d'inventarmi velocemente qualcosa che abbia anche solo lontanamente

a che fare con la rivoluzione industriale:
– Ehm... direi che ha inizio nel... Sette...
Settecento?

Non riesco ad aggiungere altro. La scimmietta centra il prof con l'apparecchio ortodontico mobile che Gian Luigi aveva appoggiato sotto il banco, e subito dopo io vengo colpito in fronte dal temperino di Roberta. La scimmia sembra divertirsi un mondo ad afferrare tutto quello che le capita a tiro e a lanciarlo, possibilmente addosso a qualcuno.

La classe ricade nella confusione più totale e perfino il professor Garito, che fino a quel momento era riuscito a mantenere i nervi saldi, perde la calma e comincia a urlare. Poi si nasconde dietro la cattedra, proteggendosi dai lanci del dispettoso animale con il registro.

Marcello e i suoi compari, divertiti dal fuoriprogramma, si mettono anche loro a lanciare oggetti. La maggior parte di noi però preferisce ritirarsi di buon ordine sotto i banchi. Così faccio anch'io, ritrovandomi faccia a faccia con Gian Luigi, alias Caccola.

Sarà l'eccessiva e forzata vicinanza ma,

quando il mio compagno di banco mi rivolge la parola, m'investe una folata di essenza di pasta d'acciughe. Tenendomi a debita distanza, gli chiedo che genere di dentifricio ha usato quella mattina.

– Dentifricio? Quale dentifricio?

Intanto il povero Alfredo è nel bel mezzo di una crisi di asma.

Attirata dalla baraonda arriva anche la bidella Rosa, sbattendo come al solito la porta. Non riesce proprio a controllare la sua enorme potenza. Veterana di simili insolite situazioni (è praticamente trent'anni che lavora in questa scuola: deve averne viste di tutti i colori), si dirige con passo sicuro e minaccioso verso la scimmia che, ormai a corto di munizioni, si blocca, impietrita per lo spavento. Rosa l'agguanta e la immobilizza. Poi, con la stessa rapidità con la quale è arrivata, se ne va trascinando la scimmietta per un orecchio.

La classe si ricompone un po' alla volta. Anch'io tento di tornare al mio banco ma il prof, che si è rialzato, mi blocca con voce stentorea: – Dove credi di andare, giovanotto? Se non vado errato, stavamo parlando della rivoluzione industriale…

Cerco di replicare, ma lo sguardo dell'insegnante mi ferma subito. Sono costretto a continuare con la mia scena pietosa.

Vi risparmio le madornali futilità che la mia bocca improvvisa per rimediare alla mia quasi totale ignoranza sull'argomento. L'unica cosa che posso riferirvi è il voto finale, duro e inappellabile: *insufficiente*! Ciò che mi preoccupa di più è la reazione di mia madre. Spero che capisca che sono stato preso alla sprovvista, con l'inganno. Non conoscevo neppure bene la persona che mi stava interrogando. Per dare il meglio di me ho bisogno di prendere un po' la mano con i nuovi insegnanti. Sicuramente ci sarà modo di rimediare.

Quando arrivo a casa trovo mia madre che, maneggiando coltelli e mezzelune come un provetto giocoliere, sta tagliuzzando cipolle, sedani, carote, peperoni e quant'altro per preparare uno dei suoi, ahimè, tristemente famosi minestroni. Dovete sapere che, nella sua vita, mia madre ha fatto di tutto... perfino la cuoca!

– Cosa stai combinando? – le domando.
– Non dirmi che è...

– Sì, proprio così. È la mia squisita minestra di verdure. Ma non ti preoccupare, non te la propino adesso. La sto preparando per stasera.

– Grazie tante! – esclamo. – Hai solo rimandato di poche ore la mia condanna a morte. Comunque, che cosa c'è per pranzo?

– Broccoli e cavolfiori – risponde mia madre con un sorriso perfido.

Bleah! Ancora peggio!

– Ti offendi se mangio un po' dei croccantini di Mimma? – provo a scherzare.

– Siediti e mangia senza fiatare – mi intima lei, agitandomi sotto il naso il mestolo maleodorante con cui sta cucinando. Ricordandomi per un attimo del brutto voto, non oso replicare e divoro tutto in silenzio. Non voglio rischiare di irritarla ulteriormente.

Perfino quando suona la sveglia che mi avvisa dell'inizio dei Simpson non mi muovo dal tavolo. Mia madre mi guarda stupita, quasi spaventata.

– Pietro caro, forse non ti sei accorto,

ma è cominciato il tuo programma preferito. Perché non ti muovi?

– No grazie… oggi non ho voglia…

– Pietro! CHE VOTO HAI PRESO? – mi chiede allora lei, mentre una fiammella comincia ad accendersi nei suoi occhi.

Devo correre ai ripari.

Facendo finta di piangere e di strapparmi i capelli, mi butto ai suoi piedi, confessandole afflitto il risultato della mia interrogazione di storia e appellandomi al suo senso di giustizia perché m'infligga una punizione severa ed esemplare. In questo modo cerco d'impietosirla e costringerla a essere meno dura. In genere non ci casca, ma questa volta, per la prima volta, la mia tattica ha successo. Mia madre mi grazia e addirittura tenta di consolarmi.

Io però, per rincarare la dose, continuo la mia sceneggiata, dicendole che non merito i suoi abbracci e che per oggi rinuncerò comunque a guardare la televisione (anche perché oramai i Simpson li ho già belli che persi).

Quindi, non mi resta che iniziare a fare i compiti.

5

Il "Monkey Fan Club"

Roberta la mia aspirante fidanzata

QUALCUNO DI VOI si sarà domandato che fine abbia fatto la scimmia che era entrata nella nostra classe. Lo stesso quesito ha ossessionato anche me e i miei compagni tutta la mattina, fino all'intervallo.

Appena suonata la campanella siamo andati tutti verso la bidelleria, dove si presumeva che Rosa avesse portato l'animale. Con noi è venuto perfino Alfredo, che di solito non lascia mai la classe.

Rosa aveva fatto sedere la scimmietta

sul tavolo e giocherellava con lei, imboc-
candola di biscotti. Abbiamo subito cominciato a tempestarla di domande, ma la
bidella ci ha bloccati: – Non affezionatevi
troppo. La preside non la vuole tenere –.
Mentre Rosa parlava, la scimmia alle sue
spalle la imitava.

A quel punto è insorta Roberta: – Da
qualunque parte arrivi, sicuramente non
si trovava bene, dato che è scappata.
Quindi propongo che rimanga con noi.
Non voglio che finisca in uno zoo.

Nel frattempo, comparsa come sempre
all'improvviso, è intervenuta anche Alice,
la bellissima sorella di Alfredo.

– Sono perfettamente d'accordo con
Roberta! Bisogna tutelare i diritti degli
animali. Sapete che ogni giorno almeno
cento scimmie vengono catturate perché
si esibiscano nei circhi e negli zoo?

Ci fissava uno per uno, come se fossimo
noi i colpevoli. Quando si arrabbia è ancora più carina!

– Ma per favore... – ha ribattuto Marcello spavaldo. – Un animale come questo
dev'essere subito allontanato dalla scuola.
Potrebbe trasmetterci delle malattie...

– Adesso vedrai che cosa ti faccio... – gli ha urlato Alice gettandosi contro di lui. Siamo riusciti a fermarla prima che facesse davvero male a Marcello, ma non siamo riusciti a salvare il malcapitato da Roberta, che dopo essersi fatta spazio gli si è gettata addosso con tutti i suoi cinquanta chili.

Per sedare la lotta a quel punto è intervenuta Rosa, sollevando i due contendenti per il colletto della camicia. Marcello aveva un bell'occhio nero, mentre Roberta sembrava illesa.

Richiamata da quella confusione è arrivata perfino la preside Galimberti.

Ci siamo zittiti tutti.

– Allora, che cos'è tutto questo baccano? – ha urlato. – Immagino che sia sempre per colpa di quella bertuccia indisciplinata! È inutile che litighiate per lei. Ho già deciso che non rimarrà qui. Nessuno ne ha ancora denunciato la scomparsa e, nell'attesa di capire da dove viene, sarà ospitata nel Centro di Accoglienza per Animali Orfani o Sperduti di Milano (il C.A.P.A.O.S.M.).

Quando la preside ha finito di parlare,

Roberta e Alice hanno sussultato di rabbia, trattenendosi dal replicare per evitare di mettersi nei pasticci. La faccenda sembrava essere finita lì, ma fuori dalla scuola ho visto Alice e Roberta consultarsi: probabilmente stavano macchinando qualcosa.

Ma torniamo a noi. Finiti i compiti, mi accorgo che è già sera e che mia madre, Daniele, Anna e Mimma sono già pronti per mettersi a tavola e cenare. Assorto nei miei pensieri non mi ero neanche reso conto che erano tornati. Quando mi vedono, mi sorridono tutti con aria complice. Evidentemente sanno qualcosa che io ignoro.

– Cosa succede? – chiedo tra il preoccupato e il curioso.

– Come ti va, nella tua soppalco-stanza? – inizia Daniele, prendendola alla lontana. – Non ci stai un po' strettino, per caso?

– Sono cinque anni che lo ripeto...

– Abbiamo risolto il tuo problema – dice la mamma trionfante.

Comincia ad affiorare nella mia mente un vago sospetto.

– Daniele e io abbiamo deciso di cambiare casa. Ne abbiamo trovata una bellissima e non troppo lontana da qui. Naturalmente però prima dobbiamo vendere questa...

Contrariamente a quello che si aspettano, rimango in piedi davanti a loro, perplesso e senza parole.

– Beh, non sei contento di avere finalmente una vera stanza? – mi chiedono, stupiti.

È inutile che glielo spieghi. Non capirebbero. Non sanno quanto io mi sia affezionato, nonostante tutto, alla mia soppalco-stanza. Là dentro ci sono racchiusi tutti i ricordi dei miei ultimi cinque anni di vita. Senza contare che questa è la casa in cui ho abitato più a lungo. Non è la prima volta, infatti, che mia madre si fa venire la brillante idea di traslocare. Per l'esattezza, questa è la settima. Ho fatto appena in tempo ad abituarmi alle mura di questa casa e già la devo lasciare? Non se ne parla neppure!

Mia madre, che non è contenta finché non ha convinto tutti delle sue idee, mi mostra la piantina disegnata da lei, dato che dai ventotto ai trent'anni ha fatto l'architetto. Mi spiega quale sarà la mia stanza e tutti i vantaggi della nuova casa. Io però sono restio e cerco il pelo nell'uovo: – In centro?... Chissà che confusione! E poi è troppo grande e ci vorrà un mucchio di tempo per pulirla... oltretutto Anna dovrebbe prendere un autobus per andare a scuola...

Continuo così per un buon quarto d'ora, enumerando uno per uno tutti i difetti possibili e immaginabili. Alla fine anche lei capisce che per quella prima sera è inutile insistere e lascia perdere.

Il giorno dopo, davanti a scuola, Alice, Roberta e altri ragazzi hanno organizzato un sit-in di protesta, con tanto di cartelli in cui chiedono che la scimmia rimanga con noi, per evitare che finisca in uno zoo. Non faccio in tempo a unirmi a loro che la preside interviene, tranquillizzando gli animi delle arrabbiate manifestanti ma anche rimproverandole per la loro eccessiva irruenza. Alla fine tutti gli studenti si alzano e il solito tran tran scolastico riprende nella sua noiosa normalità.

Alice e Roberta, però, non si arrendono. Durante l'intervallo fanno il giro delle classi con un cestino e qualche spilletta improvvisata per chiedere un'offerta o un'iscrizione al loro appena nato "Monkey Fan Club". Io cerco di rifugiarmi in bagno, per evitare che le mie già tartassate tasche vengano private degli ultimi euro. Ma le due ragazze riescono a placcarmi e a mettermi con le spalle al muro.

– Ami la natura? – inizia Roberta, puntandomi addosso un dito inquisitorio.

– Rispetti gli animali? – continua Alice. – Sei d'accordo che il cinquanta per cento dei membri del parlamento dovrebbero essere donne?

– Sai che, mangiando carne, contribuisci a uccidere una povera creatura indifesa?

Cerco di balbettare qualche cosa, ma Roberta non mi lascia aprire bocca.

– È chiaro che sei d'accordo... allora offri qualcosa per la nostra organizzazione, con cui contiamo di riuscire a salvare la scimmia dal suo terribile destino di fenomeno da baraccone. Per questo abbiamo deciso di proclamarla mascotte della scuola Monteverdi.

Per evitare guai tiro fuori il mio portafoglio e cerco qualche monetina, ma Roberta, con i suoi soliti modi spicci, mi sfila una banconota da dieci (l'unica e la sola) e mi fa gli occhi dolci: – Grazie Pietro, sapevamo di poter contare su di te.

Detto questo, se ne vanno tutte e tre (Roberta, Alice e la mia banconota da dieci euro), in cerca della loro prossima vittima.

Ma non finisce qua.

Alla quinta ora, durante una silenziosissima lezione del professor Garito, la preside entra in classe e chiama fuori Roberta. Il terrore si dipinge sul suo volto mentre esce dall'aula. Passano cinque... dieci... venti minuti... dopo mezz'ora, finalmente, Roberta torna in classe e sulla sua faccia è stampato un bel sorriso. È fatta: lei e il suo club sono riusciti a convincere la preside a tenere a scuola la scimmia, almeno fino a quando non si farà vivo il proprietario. Sarà Rosa a occuparsi di lei. Noi studenti, però, dovremo farci carico delle sue necessità, raccogliendo i soldi necessari al cibo e a tutto il resto.

6
Furto negli spogliatoi

l'indescrivibile
Caccola

IL GIORNO DOPO è mercoledì e come ogni mercoledì c'è educazione fisica, la mia materia preferita. Ci precipitiamo al piano di sotto con il solito entusiasmo, ma ci troviamo davanti la porta della palestra sbarrata da due assi di legno. All'interno sta lavorando una squadra di muratori. Mentre ci chiediamo cosa fare e dove andare, ecco che arriva saltellando atleticamente il nostro insegnante di ginnastica, il professor Berini.

– Ehilà ragazzi, qual buon vento? – ci apostrofa sorridendo. Ha sempre una gran voglia di scherzare. – Ah, mi ero dimenticato di avvertirvi che la palestra sarà fuori uso per un po' di tempo e che quindi per i prossimi mesi saremo costretti a fare ginnastica in cortile. E dato che non potremo fare nessun test di atletica in quanto è impossibile portare fuori gli attrezzi, faremo solo un po' di esercizi di riscaldamento e qualche partitina: i maschi a calcio e le femmine a pallavolo.

Un grido di gioia si leva da tutti noi.

– Adesso però non perdiamo tempo – dice spingendoci verso il cortile. – Muoversi, muoversi!

Dopo gli esercizi di riscaldamento, noi maschi ci dividiamo in due squadre. Marcello e io siamo i capitani e tocca a noi scegliere il resto dei giocatori. Alla fine la mia squadra è composta, oltre che da me, da Carlo, Gian Luigi, Alfredo e Tommaso, che non è certo Maradona, ma è bello piazzato ed è perfetto per la difesa.

Anche Gian Luigi funziona in difesa. L'unico problema è che qualche volta, anche quando ha la palla, sente l'irrefrena-

bile bisogno di infilarsi le dita nel naso e sfrattare i nuovi inquilini.

Carlo e io ci mettiamo in attacco, mentre Alfredo, di cui non conosciamo le qualità calcistiche, viene piazzato in porta. Purtroppo si rivela subito una schiappa. Nel giro dei primi cinque minuti subisce due goal. A metà partita, sull'orlo della disperazione, lo tolgo dalla porta e lo metto in difesa, al posto di Tommaso. E lui cosa fa? Oltre a passare tutte le volte la palla agli avversari, riesce a infilare tre reti da manuale, però... nella nostra porta! A fine partita il risultato è sei a due per gli altri.

Mentre ci cambiamo cerco di fermare Tommaso, deciso a farla pagare ad Alfredo. Fortunatamente non c'è pericolo che riesca ad avvicinarglisi: Alfredo infatti è circondato dai suoi fan che lo portano in trionfo, i giocatori dell'altra squadra, ovviamente.

A un tratto, però, un urlo interrompe i festeggiamenti in suo onore. Gian Luigi non trova più i soldi che aveva nel portafoglio, lasciato nella tasca della giacca nello spogliatoio.

– Mi hanno rubato i soldi! Se non saltano subito fuori lo dico al professor Garito...

Questa affermazione, che nella nostra classe è ormai diventata la minaccia per antonomasia, ci fa scorrere un brivido lungo la schiena. Sarà meglio trovare il denaro, e subito!

Tutti però si dichiarano innocenti. A quel punto, Alfredo fa una cosa inaspettata, cogliendo di sorpresa un po' tutti: si avvicina a Gian Luigi, gli prende il portafoglio dalle mani e, dopo averlo aperto, lo analizza con attenzione.

– Chi ti credi di essere, Perry Mason? – lo prende in giro Mattia.

– Beh, la stazza c'è... – aggiunge Marcello, fra le risate generali.

Alfredo di colpo diventa rosso, restituisce subito il portafoglio a Gian Luigi e si allontana.

Caccola, deciso ad attuare il suo proposito, si dirige dal prof Garito, che ci aspetta in classe per una delle sue tante "spassose" ore di lezione. Dopo neanche cinque minuti tutta la scuola è al corrente del furto. E nel giro di dieci minuti la pre-

side Galimberti è in classe per farci una delle sue solite ramanzine.

Questa volta, però, bisogna ammettere che si tratta di una cosa seria.

– Bel modo di comportarsi! Ma bravi! – urla la preside. – E io che ripongo in voi la mia fiducia… è così che mi ricambiate? Mai come oggi, nella mia vita di direttrice di una scuola, mi sono sentita ferita così. Un furto! Nella MIA scuola! Ci ricopriremo di disonore appena la notizia trapelerà. Già m'immagino i titoli dei giornali… mi sento svenire! Una sedia per favore…

Quando ha ripreso un po' di fiato continua: – E poi oggi avrei dovuto comunicarvi una notizia stupenda. Il consiglio di classe ha deciso proprio ieri sera di portare la III C in vacanza per una settimana nel mese di marzo. Se però questo è il vostro comportamento, potete anche scordarvelo.

A questa affermazione, la classe ha un sussulto.

– Ma voglio darvi un ultima possibilità. Sta a voi decidere! Sono stata chiara? Il colpevole si faccia avanti…

Annuiamo tutti, in silenzio.

Uscita la Galimberti, il professor Garito inizia il suo sermone: – Siete fortunati che la signora preside sia stata così buona con voi. Io avrei sospeso subito la gita e avrei fatto un giro extra di interrogazioni su tutto il programma dei tre anni, fino a quando il colpevole non avesse sputato il rospo. E adesso voglio che tutti, dico tutti, vuotino zaini, borse, tasche, calzini qui davanti a me. Se i soldi di Gian Luigi non saltano fuori, vorrà dire che farete una colletta per restituire il denaro rubato. Quanti soldi c'erano nel tuo portafoglio, Gian Luigi?

– Cin... cinque... euro, professore. Quello che basta per comprarmi un panino a pranzo.

– Bene, se i soldi rubati non torneranno al loro proprietario, ognuno di voi darà a Gian Luigi venticinque centesimi; chi non ce li ha, li porterà domani.

Così viene deciso.

All'intervallo mi si avvicina Alfredo, in una delle sue rare uscite dalla classe.

– Pietro, volevo chiederti scusa per come ho giocato a pallone... sai, è per via della mia asma: non sono mai riuscito a

58

fare sport. La prossima volta mi limiterò a guardare…

– Ma va', non ti preoccupare, Alfredo. L'importante è che ci siamo divertiti – gli dico per consolarlo, sapendo benissimo di mentire spudoratamente.

Mi ringrazia, ma c'è un'altra cosa che vuole dirmi: – Mia sorella Alice vorrebbe che tu venissi a casa nostra oggi pomeriggio. Deve chiederti una cosa molto, molto importante.

Rimango di stucco. Non so quanto tempo passa, ma dopo interminabili secondi di silenzio

Alfredo mi sta ancora guardando in attesa di una risposta.

– Allora, cosa le devo dire? Sì o no?

Mi riprendo, accettando l'invito con entusiasmo controllato per non svelare il fatto che Alice mi piace. E da quel momento le ore volano senza che io me ne renda conto!

Nel tragitto di cento metri che mi separano da casa, e che percorro in bici, mi sembra di volare, finché un terribile botto mi riporta sulla terra: mi sono schiantato

59

contro il portone del mio palazzo! Alzando la testa noto un cartello con la scritta "Vendesi". Quella parola mi priva di colpo di tutta l'euforia. Attraverso il cortile ed entro in casa cercando mia madre, già pronto a urlarle contro ma, arrivato in soggiorno, mi fermo, perché la vedo ridacchiare e conversare con una bella signora sorridente.

– Le stavo dicendo, cara Isabella – dice mia madre, che non si è ancora accorta della mia presenza – che mio figlio Pietro, fin da quando ha smesso di ciucciarsi il pollice (devo annotare che qui la suddetta mamma sta parlando del Pietro protagonista del libro e non dell'omonimo autore) ha sempre avuto una certa attitudine per la scrittura –. Poi, voltandosi dalla mia parte: – Oh, eccoti. Si parla del diavolo e... ti presento Isabella Togni, la nostra agente immobiliare. Ci aiuterà a vendere la casa.

Mi avvicino riluttante alla signora, perché non voglio avere niente a che fare con tutto ciò che riguarda il cambiamento di casa. Dopo averle stretto frettolosamente la mano, mangio qualche boccone del

mio pranzo e mi rifugio nella mia soppalco-stanza.

Guardo l'orologio. È l'una e mezza. Alle
tre e mezza devo essere da Alice, che abita
a pochi isolati da me. Ho solo due ore per
prepararmi.

A un tratto sento un rumore sospetto
proveniente dalla stanza di mia sorella.
Mi avvicino quatto quatto, afferro la maniglia, spalanco la porta e...

– Anna! Cosa ci fai a casa a quest'ora?

Mia sorella fa un salto di mezzo metro
sulla sedia e lancia uno dei suoi soliti urli
selvaggi.

– Ahhh! Quante volte ti ho detto di non
entrare così all'improvviso, che mi fai
spaventare! – mi sbraita contro. Poi, dopo
essersi ripresa, mi spiega che c'è stato
uno sciopero degli insegnanti ed è uscita
prima da scuola.

A quel punto mi si accende una lampa-
dina in testa: essendo io totalmente inca-
pace di vestirmi, mia sorella capita proprio a fagiolo. Quando Alice mi vedrà,
voglio che rimanga senza parole.

– Anna, – la supplico – in nome della
nostra lunga amicizia e fratellanza, di-

mentica gli scherzi, i dispetti che ti ho fatto fino a oggi...

– Ferma Pietro – mi intima lei, guardandomi torva. – Ho già capito: che cosa vuoi questa volta?

In breve le spiego il mio problema. Lei, con aria da stilista, il metro già intorno al collo e uno scampolo di stoffa sul braccio, si avvicina al mio armadio, lo apre e dà un'occhiata orripilata.

– Che cosa sono questi, dei calzoni? Che obbrobrio! La cucitura è imperfetta, il colore lascia a desiderare e il taglio è fuori moda. Per non parlare di queste magliette: che tristezza! – dice lanciandosi dietro le spalle, uno dopo l'altro, tutti i miei capi di abbigliamento.

– No! Questa è la mia maglietta preferita! – tento di difendermi. – No, la felpa dei Simpson no!

Alla fine, cercando e ricercando, Anna trova finalmente qualcosa di suo gradimento: – Ecco, questo può andare! – mi dice consegnandomi i vestiti scelti.

Mentre li indosso mi chiede: – Ma lei come si chiama?

– Eh?! Cosaa?! – fingo di non capire.

– Hai capito benissimo invece... come si chiama LEI?

– Alice – rispondo, arrendendomi davanti alla sua perspicacia.

Prima di uscire ripasso qualche frase di circostanza per non fare scena muta quando lei mi dichiarerà il suo amore.

Alle tre e venti in punto, in anticipo di dieci minuti, sono già di fronte al portone di casa Bezzi. Suono alla porta e dopo pochi secondi vedo la maniglia abbassarsi.

– Ciao Pietro, ti stavamo aspettando! – esclama Roberta, facendo capolino dalla porta.

– Come "ti stavamo aspettando"? Roberta, cosa ci fai qui?

– Che domande! Non te l'ha spiegato Alfredo? Oggi c'è la prima riunione del nostro club... a proposito, come ti sei vestito?

Attonito, do un'occhiata per la prima volta al mio abbigliamento: calzoni di pelle nera, camicia tigrata e un gilet zebrato. Ai piedi ho degli stivaletti di camoscio.

Anna, per vendicarsi dello spavento che le ho fatto prendere, mi ha rifilato il vestito di carnevale dello scorso anno, quello da domatore del circo!

– Allora, cosa fai, non entri? – Roberta mi richiama alla realtà. – Solo tu però, le tigri lasciale fuori!!

Ancora scosso per aver capito che Alice non ha alcuna intenzione di dichiararsi, entro malvolentieri in casa.

Alfredo è in camera sua: vado da lui per salutarlo e per chiedergli in prestito dei vestiti di ricambio, non voglio farmi vedere conciato così da Alice. Avendo una taglia extra-large, il mio compagno di scuola non ha da darmi che una maglietta gigantesca che mi arriva alle ginocchia e un paio di calzoni della stessa misura. Per non parlare delle scarpe, in cui navigo ampiamente.

«Sempre meglio del costume da domatore» penso, mentre Roberta mi scorta nella stanza dove si svolge la riunione.

Quando entro, Alice sta parlando con un gruppo di ragazze e ragazzi seduti in cerchio. Hanno tutti un cappellino rosso con la scritta V.I.T.A.L.E. in bianco e una spilletta appuntata sul petto.

– Ecco Pietro, un nostro nuovo aspirante socio – mi presenta lei. – Vieni, siediti con noi, in modo che possa illustrarti

la funzione della nostra associazione e le modalità per l'iscrizione.

Dagli sbuffi degli altri ragazzi, capisco che non è la prima volta che ascoltano quella tiritera.

– La nostra organizzazione – spiega Alice – si chiama V.I.T.A.L.E., cioè Vogliamo Insieme Tutelare gli Animali e Lavorare per l'Ecologia. Mira a raggiungere tre obiettivi fondamentali: salvaguardare l'ambiente, difendere la causa femminista e soprattutto far sì che tutti gli animali vivano felici e liberi.

Terminati gli aspetti propagandistici, Alice passa a quelli più concreti.

– Quindi ti chiedo di accettare il cappellino e la spilla e di darci in cambio un piccolo contributo (altri dieci euro che abbandonano le mie tasche) come quota d'iscrizione.

Sono riluttante a sganciare il denaro, ma dopotutto come si fa a dire di no ad Alice? È troppo carina!

Le successive due ore le passo ascoltando le tappe del percorso che Alice e i suoi alleati intendono seguire, annoiato e depresso per il buco nell'acqua.

Mentre torno a casa, però, non posso fare a meno di riprendere a fantasticare sul mio amore. Forse non tutto è perduto, forse l'iscrizione al club è solo un pretesto, forse Alice mi ha fatto andare da lei per conoscermi meglio prima di dichiararsi. E allora, perché non l'ha fatto a fine riunione? Ma certo! C'era troppa gente e lei si vergognava. La speranza è l'ultima a morire.

Arrivato a casa, mi sento già meglio e mi torna in mente il malefico scherzo di mia sorella. Ripensandoci mi ricordo che ho pronta per lei una bella punizione. In casa non c'è nessuno. Perfetto! È il momento giusto per metterla in atto. Ma...

DRIIN! Squilla il telefono. Oh no!

– Pronto! – rispondo.

– Ciao Pietro, sono Anna. Sono fuori con la mamma e Daniele. Torniamo tra mezz'ora. Ciao, ciao.

Bene. È meglio di quanto sperassi: ho mezz'ora di tempo. Posiziono la mia sveglia-timer e mi preparo alla missione punitiva.

La camera di mia sorella è molto piccola e questo la rende ancora più inaccessibile. I mobili sono vicinissimi l'uno all'altro ed è facile urtarli. Sono ben consapevole che anche uno spostamento di pochi millimetri verrebbe immediatamente notato da Anna. Inoltre, la stanza è piena di trabocchetti: mia sorella li usa per capire se qualcuno vi si è introdotto senza il suo permesso. Uno di questi è sulla porta: sullo stipite infatti è appiccicato in orizzontale un suo capello, in modo che se qualcuno la apre, il capello cade a terra. Fortunatamente a questo ostacolo si può porre rimedio facilmente, togliendo dalla spazzola di Anna un altro suo capello per poi attaccarlo sulla porta.

Una volta entrato mi guardo intorno cercando un obiettivo su cui scatenare la mia vendetta. La mia attenzione cade sul suo diario segreto ma mi accorgo che è cosparso di talco, in modo che nessuno possa metterci le mani sopra senza lasciare le sue impronte. Poi il mio sguardo si posa su un imponente scaffale alla mia destra, dov'è conservata l'intera collezione di Barbie di Anna. Subito capisco di avere trovato quello che cercavo: "Miss Italia", la nuova Barbie di mia sorella. Do

un'occhiata al timer sul tavolo: mi restano solo venti minuti. Devo muovermi. Afferro la bambola, attento a non spostare quelle di fianco, vado in bagno e con le forbici le taglio i capelli molto corti, quasi a zero, poi prendo il rossetto di mia madre e glieli dipingo. Le metto degli abiti maschili un po' lisi, le lego la catenella del mio portachiavi alla cintola e le faccio un po' di piercing al naso e alle orecchie. Ecco completato il mio capolavoro: ho trasformato "Barbie Miss Italia" in "Barbie Punk".

Do un'altra occhiata al timer. Mancano trenta secondi al ritorno della famigliola.

Afferro il vestito che indossava la bambola, glielo rimetto per camuffare il suo abbigliamento da punk e le ficco in testa un cappellino - mancano solo dieci secondi - la rimetto a posto e porto via il timer - cinque secondi - prendo dal bagno la spazzola di mia sorella - quattro - ne sfilo un capello - tre - lo lecco - due - lo appiccico tra la porta e lo stipite - un secondo - e mi fiondo in salotto...

Appena in tempo! La porta si apre cigolando, come sempre.

Entrano Anna, Daniele e mia madre che mi salutano, carichi di sacchetti di plastica del supermercato.

Per depistarli mi offro (per la prima volta in vita mia) di aiutarli a sistemare la spesa. Mi guardano sbalorditi e un po' preoccupati. Forse sto esagerando... quindi per depistarli dal depistamento mi limito a togliere le cibarie dai sacchetti e lascio tutto sul tavolo, dichiarando di essere già stanco. Mia madre ora non è più sbalordita. Anzi, sembra sollevata dal mio ritorno alla normalità. Per un attimo deve aver pensato che non mi sentissi troppo bene. Allora chiama Anna: – Dammi una mano tu – le ordina con gentilezza. – Mentre io sistemo la casa, aiuta Daniele a mettere a posto la spesa, che tra cinque minuti arriva...

– Chi è che arriva? – domando curioso.

Mia madre, indaffarata com'è, m'ignora.

– Tu, Pietro, vai in camera tua e cerca di renderla presentabile, che è sporca da far ribrezzo – mi urla dopo qualche secondo, senza rispondere alla mia domanda.

– Non vado, se non mi dici chi arriva! – m'intestardisco io.

71

– Isabella Togni, non ti ricordi? La nostra agente immobiliare. Sta venendo qui appunto con dei probabili acquirenti. E adesso fila!

Per pulire la mia soppalco-stanza mi faccio aiutare da Mimma, la mia gatta. Lei si aggrappa saldamente con tutte e quattro le zampe all'estremità di un bastone e si fa usare a mo' di piumino per togliere la polvere e, inzuppata nell'acqua, a mo' di mocio Vileda per lavare i pavimenti.

In quattro e quattr'otto abbiamo finito.

Dal piano di sotto sento la voce garrula di Isabella Togni che gira per casa, mostrando chissà quali meravigliosi vantaggi ai possibili compratori. Poi ecco che sale le scale ed entra nella stanza di Anna.

– Questa è la cameretta... il pavimento è in parquet... di qua c'è il bagno, qui uno spazioso disimpegno con due armadi a muro... la camera da letto e... se volete seguirmi su queste scale di legno...

«Non vorrà venire anche da me?» penso scocciato.

Invece è proprio così. La sento, è sempre più vicina.

– Vi mostro la soppalco-stanza del mio piccolo scrittore...

Ma che cosa dice? MIO?! PICCOLO?! SCRITTORE?! Da quando in qua sono diventato SUO? Possibile che mia madre mi abbia messo in vendita insieme alla casa?!

– Posso entrare, Pietro? – cinguetta intanto Isabella.

Dopo aver avuto il mio svogliato lascia-passare, insieme a una decina di persone fa spuntare la sua testa dall'uscio. Come fossi il presentatore di una televendita di pentole, accolgo i visitatori con un sorriso smagliante. Uno dopo l'altro mi fanno delle domande a cui però non faccio in tempo a rispondere. Lo fa al posto mio la signora Togni, che sembra sapere tutto di me e della mia vita, anche cose che io ignoro o di cui ho un vago ricordo. Evidentemente è stata informata da mia madre...

Dopo mezz'ora, vedendo il mio sguardo insofferente, Isabella capisce che sono arrivato allo stremo delle forze e chiede gentilmente ai suoi clienti di scendere.

– Non ti preoccupare, non ti disturberò più, per oggi – mi dice sorridendo, prima di chiudersi la porta alle spalle.

73

Stanco, mi sdraio sul letto, chiudo gli occhi e penso a lei, ad Alice. Domani a scuola le parlerò. Devo parlarle! Devo dirle quello che provo per lei. Non posso rischiare che succeda come l'anno scorso, quando Carlo mi ha soffiato Cecilia.

Una voce stridula di donna interrompe i miei pensieri.

– Posso andare a vedere che cosa c'è qua sopra?

– No, non vada, è solo il soppalco. Non c'è bisogno... – la ferma Isabella Togni, che nel frattempo è ritornata con un altro gruppo di acquirenti.

«Grazie Isabella» penso tra me e me.

La sera parlo con mia madre, cercando di convincerla a non vendere la casa, ma lei è irremovibile.

7
Occhio, malocchio...

mia Mamma fattucchiera e Anna "la lagna"

NELLE SETTIMANE che seguono non accade niente di particolare, è il solito tran tran.

Isabella Togni viene quasi tutti i giorni con comitive di possibili compratori, trattenendosi poi ogni volta per un caffè e una parlatina con mia madre. Ormai è quasi diventata di famiglia. Qualche volta l'ho vista che aiutava mia sorella nei compiti e un giorno, entrando in casa, l'ho trovata perfino in cucina che mi prepa-

rava una pasta alla carbonara, dato che Daniele era impegnato in una riunione di lavoro e mia madre arrivava dopo le due.

Anche a scuola, niente di nuovo. Nonostante le promesse fatte a me stesso, non riesco a dichiarare il mio amore ad Alice.

Alfredo, timido e impacciato come al solito, è stato soprannominato da Marcello "Bombolo" e adesso viene chiamato così da tutti. Mi dispiace molto per lui. È vero, è un po' imbranato, gioca malissimo a pallone ed è una schiappa in qualsiasi sport, ma Marcello e la sua banda sono terribili. Dopotutto Alfredo è cento volte più simpatico e intelligente di Mattia e di Matteo!

Meno male che ci pensa il professor Garito a movimentare le nostre giornate. Una settimana fa abbiamo fatto un compito in classe a sorpresa e oggi ce lo deve ridare. Siamo tutti trepidanti, con le unghie conficcate nei banchi per la paura. Ma tanto non osiamo neppure sperare di prendere un bel voto, perché sappiamo già che è andata male a tutti (ce l'ha annunciato il prof ieri, per rendere più atroce il momento della consegna).

Con passo pesante, Garito entra in classe, si siede dietro la cattedra, apre con lentezza esasperante il registro e tira fuori un malloppo di fogli protocollo tutti attraversati da spietate righe rosse.

– Non ho mai visto niente di peggio in tutta la mia vita – esordisce, con il suo solito sorrisino crudele. – Possibile che in terza media scriviate ancora in questo modo? Sono più interessanti le ricette di cucina che i vostri temi! Non sapete cos'è la punteggiatura, per non parlare della sintassi e dell'ortografia, che fanno venire voglia di piangere. Altro che liceo! Se fossi al posto dei vostri genitori, l'anno prossimo vi manderei tutti a lavorare. Braccia rubate all'agricoltura, le vostre! Anche se non sono neanche sicuro che, con la vostra testa, sareste in grado di far crescere l'erba in un prato... comunque ognuno di voi tirerà le somme.

Detto questo il professor Garito comincia a consegnare i compiti, declamando a gran voce il voto del povero malcapitato e non mancando di aggiungere qualche sua considerazione personale.

– Marcello: *non sufficiente*. Un vero di-

sastro. Sei riuscito a fare undici errori in cinque righe. Un record! Matteo e Mattia, come al solito avete copiato da Marcello, quindi... un bel *insufficiente* a tutti e due! Roberta, il tema è ben sviluppato, l'ortografia è perfetta, la sintassi anche... ma che tristezza questo tuo componimento: *quasi sufficiente*! Carlo, hai esposto bene i tuoi concetti, peccato che l'argomento non sia quello che avevo detto di svolgere. Sei andato completamente fuori tema. *Non sufficiente*. Pietro... che dire? Un tema troppo fantasioso. Lungo, molto lungo... troppo lungo! Certo, a sprazzi spiritoso... troppo spiritoso. Da un certo punto di vista anche bellino, ma troppo, troppo, troppo fantasioso. Devi imparare a stare con i piedi per terra! *Quasi sufficiente*. Gian Luigi: *non sufficiente*. Devo dire che sei proprio un asso in ortografia: non ne hai azzeccata una!

Dopo una sfilza di altri *non sufficienti*, il nostro insegnante arriva ad Alfredo, nell'ultimo banco.

– Finalmente un alunno degno di un *distinto*. Un tema serio, centrato, sicuramente non noioso, perfetto nell'ortografia

e nella sintassi. Si vede che è scritto da un ragazzino forbito. Peccato che tu, Alfredo, debba stare in classe con degli asini patentati.

Ormai siamo abituati ai voti di Bombolo. È timido, ma è sicuramente il più bravo, soprattutto in matematica. Qualche volta, durante i compiti in classe, riesce a passarci anche i risultati delle espressioni.

Abbattuti per i voti della verifica d'italiano, quasi non sentiamo la campanella dell'intervallo. Usciamo dalla classe lenti e avviliti. Carlo e io cerchiamo inutilmente di consolarci a vicenda, poi ci dirigiamo verso la bidelleria dove Rosa, per tirarci un po' su, ci regala un pacchetto di biscotti. Naturalmente lo fa di nascosto, perché la preside Galimberti non vuole che si dia da mangiare agli alunni, un po' come il ranger del parco di Yellostone che vieta ai turisti di offrire cibo a Yoghi e Bubu.

In bidelleria ci sono anche Alice e Roberta, che stanno dando da mangiare a Carmine, la scimmietta. Alice la tiene in braccio. La accarezza, le dà dei piccoli ba-

cetti sulla fronte e la rimpinza di noccio-
line e semi di zucca. Come vorrei essere
al posto del fortunato animaletto in quel
momento... ho una fame da lupi!

Alice e Roberta, appena uscite dalla bidelleria con la loro mascotte, vengono bloc-
cate e assalite come sempre dagli altri studenti che vogliono accarezzare Carmine.

– Mi raccomando, – dice Rosa alle due
ragazze – riportate qui l'animale prima
che finisca l'intervallo, altrimenti la preside s'arrabbia con me.

Dopo esserci rifocillati, Carlo e io facciamo il nostro solito giro d'ispezione per
i corridoi cercando di trovare qualcosa di
divertente da fare per passare il tempo.
A un certo punto, una ragazza con la testa bassa e le mani sul viso ci urta violentemente. Quando solleva lo sguardo ci ac-
corgiamo che sta piangendo. Si tratta
della migliore amica di Alice: ha i capelli
castano chiari, lunghi sulle spalle, e degli
occhi di un bel blu acquatico.

– Ciao... – le dice subito Carlo, mar-
pione come sempre.

– Ciao... – risponde lei con voce flebile,
cercando di trattenere un singulto.

– Cos'è successo, perché piangi? – le chiedo io, cercando di calmarla.

– Niente... i miei compagni... mi prendono in giro perché vengo a scuola con la borsetta. Dicono che devo darmi meno arie...

A quel punto notiamo anche noi che al braccio ha una specie di beauty-case rosa. In effetti è un po' buffa.

– Tu sei Pietro, vero? – mi chiede asciugandosi una lacrima. – Io sono un'amica di Alice.

– Sì, lo so... – replico io. – E tu come ti chiami?

– Chiara.

– Non dare retta ai tuoi compagni, Chiara. Ognuno ha il diritto di andare in giro vestito come vuole – tento di consolarla.

– Beh, ci vediamo, eh... – conclude Carlo, trascinandomi via.

– Muoviti Pietro! – mi dice non appena ci siamo allontanati da Chiara. – Mi è sembrato di vedere un panino al formaggio nelle mani di un primino. Capita proprio a proposito: ho un certo languorino...

Ci avviciniamo al ragazzino e gli ripetiamo la solita tiritera del bidello mangiabambini che vive al piano di sopra, cercando di incutergli paura e di costringerlo a darci la sua merenda. Contrariamente a ogni nostra aspettativa, però, il primino non solo si rifiuta di darci il suo panino al formaggio, ma minaccia di chiamare il fratello maggiore.

– Ah, vuoi chiamare tuo fratello? Mamma mia, che paura! – esclama Carlo con la voce di chi fa finta di essere spaventato. – Mi tremano già le gambe...

– E va bene... l'avete voluto voi! – replica il piccoletto. E a gran voce chiama il fratello: – Marco, vieni qui, ci sono due tipi che mi danno fastidio!

Un'ombra gigantesca si proietta sul muro di fronte a noi. Io e Carlo ci giriamo in tempo per riconoscere il proprietario di quella sagoma mostruosa. Ecco chi era il Marco a cui si riferiva il piccoletto: l'"Ammazzatopi". È stato bocciato quattro volte ed è famoso anche fuori dalla

scuola per le sue maniere... forti. Carlo e io ci guardiamo: siamo nei pasticci!

L'energumeno ci inchioda contro la parete ma, inaspettatamente, un'altra ombra, ancora più grande della precedente, si disegna sullo stesso muro.

– Che sta succedendo qua? – esclama Rosa. – Circolare, circolare. Tornate tutti in classe, da bravi, che la campanella sta per suonare.

Pfiuu... salvati in extremis.

Fallito il tentativo col primino, decidiamo di elemosinare un po' di merenda da Alfredo. Entrati in classe, però, lo troviamo accasciato sul banco, sul punto di scoppiare in singhiozzi.

– Bombolo, che ti prende?

– Qualcuno mi ha rubato la merenda – risponde lui, sollevandosi dal banco.

– Accidenti! Saranno stati Marcello e i suoi scagnozzi! – esclama Carlo indignato.

– Non lo so – risponde Alfredo. – Io so soltanto che durante l'intervallo sono uscito un attimo dalla classe per... ehm... dei bisogni fisiologici... insomma, mi avete capito... e quando sono tornato

quello che rimaneva della mia merenda, che avevo lasciato sul banco, erano tre confezioni di cellophane completamente distrutte e qualche rimasuglio delle lasagne al forno e dei tre panini con la mortadella.

Io, ma soprattutto Carlo, che più di me è sensibile alla sofferenza di Bombolo per la mancanza di cibo, ci arrabbiamo davvero. Siamo stufi dei continui scherzetti che i nostri tre perfidi compagni fanno al povero Alfredo. Quando rientrano tutti gli altri, si scopre però che Marcello e i suoi due compari, almeno per questa volta, non c'entrano niente. Non possono essere stati loro a rubare la merenda di Bombolo, perché durante tutto l'intervallo sono stati in presidenza a rispondere di un'altra malefatta di cui si erano resi responsabili qualche giorno prima.

L'interrogativo che a questo punto assilla la III C è questo: chi è il ladruncolo che si diverte a rubare soldi, merendine e quant'altro?

– Per me è stato Carlo a rubare la merenda di Bombolo – insinua Marcello. – È famoso per la sua ingordigia ed è anche

velocissimo. Il suo banco e quello di Alfredo sono attaccati e sono convinto che gliel'ha sottratta mentre il prof Garito consegnava i compiti in classe.

Fortunatamente nessuno gli dà retta.

Quando torno a casa, trovo mia madre che mi aspetta impaziente davanti alla porta.

– Come mai è andato così male? – mi aggredisce subito.

– Come "che cosa"? – rispondo senza sapere di che cosa stia parlando.

– Come? Che cosa? Il compito, no! È possibile che anche nei temi mi porti a casa un voto del genere?

Ecco, questi sono i momenti in cui mi domando seriamente se non sono all'interno del *Grande Fratello*. Come potrebbe mia madre sapere, altrimenti, che ho preso un brutto voto nella verifica d'italiano, se non grazie a delle telecamere nascoste che mi controllano ventiquattr'ore su ventiquattro?

– Hai telefonato a scuola? – le chiedo, cercando una spiegazione logica.

– Certo che no. Lo so e basta. Questa

mattina ho percepito la tua aura che si abbassava vertiginosamente... e poi, guardati! Emani vibrazioni negative, sembri la nostra lavatrice scassata.

– Aura? Vibrazioni negative? Ma di cosa stai parlando, mamma?

– Niente, niente... con tua zia Kitty sto frequentando un corso di tarocchi per corrispondenza. Vogliamo coinvolgere anche zia Tiziana.

– Oh no. È terribile. Quando voi tre sorelle vi sarete unite e sarete diventate tre streghe potentissime, sottometterete tutto il mondo al vostro volere. Nessuno potrà ostacolarvi, neppure... Topo Gigio! – la prendo in giro iniziando a mangiare.

– Cos'è, stai per caso criticando il mio nuovo lavoro?

– Lavoro? Perché, hai intenzione di metterti a fare la chiromante? Se è così, allora, vorrei che mi leggessi le carte. Domani ho un altro compito in classe e mi piacerebbe sapere se andrà bene.

Accidenti, ho nominato la parola scuola: a mia madre torna improvvisamente in mente il *quasi sufficiente* che ho preso in italiano.

– A proposito di verifiche... dimenticavo la punizione. Per il compito andato male verrai castigato duramente. Ti ho preparato tre buste: nella prima c'è scritto che non potrai vedere i Simpson per una settimana; nella seconda che dovrai lavare i piatti per un mese e nell'ultima, che contiene il castigo peggiore, c'è in palio una bella settimana chiuso in casa, senza poter uscire con gli amici o invitarli a casa. Ti è permesso mettere il naso fuori solo per andare a scuola o per fare qualche commissione per me.

Detto questo, mi mette davanti tre buste colorate. Dopo averle mischiate mi chiede di sceglierne una, sorridendo divertita.

– Perché ridi? – le chiedo stizzito.

– Perché so già quale sceglierai... sei sfortunato: ti toccherà stare rintanato a casa per tutta la settimana!

Non fidandomi della sua profezia, scelgo senza timore la busta centrale, la apro e sbircio dentro. Nella solita calligrafia da elettrocardiogramma impazzito di mia madre, leggo: «Niente uscite per tutta la settimana, tranne che per gli impegni scolastici e le commissioni da fare per la mamma».

Guardo mia madre. I suoi occhi lampeggiano soddisfatti. La mamma-chiromante ha colpito ancora!

– Che cosa ti avevo detto? – mi dice soddisfatta, lasciandomi da solo con il mio dolore.

Finisco di mangiare e apro il diario. Per domani non ci sono compiti, ma io sono costretto a rimanere chiuso in casa. Allora vado in camera mia e inserisco nel cd uno dei miei dischi preferiti: *Californication* dei Red Hot Chili Peppers.

Mi sdraio sul letto, chiudo gli occhi e sprofondo tra le note della musica...

– Pietro, Pietrooo! C'è una ragazza per te al telefono. Si chiama Alice...

Quando mia madre mi chiama, il cd è già finito da un pezzo ed è immobile nel lettore. Mi devo essere addormentato!

Mi alzo di scatto, sbattendo inevitabilmente la testa contro il soffitto della mia soppalco-stanza e dolorante scendo le scale a precipizio.

– P... pronto...

– Ciao, Pietro... volevo chiederti se potevi venire subito a casa mia. Ti devo parlare...

– Immagino che tu mi voglia vedere a proposito del club... cosa devo fare stavolta?

– No, il club non c'entra... vieni? È un argomento delicato, preferirei che ne parlassimo a quattr'occhi...

Il mio cuore si mette a scalpitare. Non riesco a spiccicare parola.

– Sì... uhm... cert... va ben... sol... che... non... poss...

– Cosa? Non ti sento bene... la comunicazione è disturbata. Ripeti...

Respiro profondamente per cercare di recuperare l'uso della parola. Guardo mia madre, la quale ha già capito che voglio uscire (forse attraverso le strane vibrazioni che emana il mio corpo) e mi fa segno di no con la testa.

– Mi spiace Alice, oggi non posso uscire. Semmai ci parliamo a scuola domani...

– Ok, allora ciao – mi dice lei, concludendo la telefonata.

Sbatto con rabbia la cornetta del telefono sul ricevitore e guardo mia madre con occhi lampeggianti. Lei mi ricambia con uno sguardo innocente, che aumenta solo la mia rabbia. Non sa (nonostante i suoi poteri soprannaturali) che, per colpa di questa punizione, ha forse compromesso irrimediabilmente la mia vita sentimentale e che ha perso anche la possibilità di diventare suocera, uno dei suoi sogni nel cassetto.

In quel momento sento provenire dal cortile delle vocette leziose che si avvicinano in fretta verso casa nostra. Riconosco quella più acuta, che è di mia sorella. Anna e una sua compagna di scuola che, se ben ricordo, si chiama Valeria, entrano spettegolando animatamente. Appena si accorgono della mia presenza, però, si zittiscono di colpo, come se stessero parlando di chissà quali segreti. Senza neanche salutarmi se ne vanno di sopra a fare i compiti. O almeno questo è ciò che sostiene mia sorella. Io naturalmente non ci credo e le seguo, cercando di non farmi scoprire.

Anna e Valeria si sono chiuse in camera. Sulla porta ci sono vari cartelli con

scritte minacciose, tutti indirizzati a me:

VIETATO L'INGRESSO A PIETRO
GUAI A CHI VARCA QUESTA SOGLIA
VIETATO ORIGLIARE!

È proprio a quest'ultimo ordine che voglio disubbidire. Mi piazzo dietro la porta, con l'orecchio appiccicato al buco della serratura. Ovviamente non si sente neppure lontanamente il fruscio dei fogli dei libri. Come sospettavo, quelle due furbacchione non stanno di certo studiando.

– Allora, glielo hai chiesto sì o no? – sta bisbigliando a bassa voce Anna.

– No, lui mi ha anticipato di poco… – risponde Valeria.

– Dai, dimmi, raccontami… cosa ti ha detto? – la incalza mia sorella.

– È successo durante l'intervallo. Mi ha preso per un braccio e siamo andati a fare un giretto per i corridoi, chiacchierando. A un certo punto si è girato verso di me e mi ha detto: «Senti, Valeria, ti devo chiedere una cosa…». Io l'ho guardato, aspettando che tirasse fuori la domanda, ma lui non si decideva. Alla fine mi ha stretto la mano e mi ha lasciato cadere nel palmo un bigliettino...

– Un bigliettino?... E poi? – chiede Anna, emozionata come se stesse guardando una telenovela.

– E poi niente... lui è scappato via e io sono rimasta sola nel corridoio vuoto, col suo biglietto in mano.

– E cosa c'era scritto?

– Leggi qui... – conclude Valeria.

Valeria, evidentemente, sta mostrando a mia sorella la dichiarazione che ha appena ricevuto. Mi chino per dare una sbirciatina dal buco della serratura, ma Anna, conoscendomi, lo ha tappato con una gomma da masticare.

No! Proprio sul più bello. Non saprò mai cosa c'è scritto su quel bigliettino. Ma soprattutto, dato che non hanno fatto nomi, non saprò mai di chi stanno parlando e quindi non avrò la possibilità di ricattarle. Avendo ormai perso ogni interesse per i loro pettegolezzi, faccio per andarmene... quando sento Anna pronunciare queste testuali parole: – Valeria, perché non giochiamo un po' con le Barbie? Mia madre me ne ha appena regalata

una nuova, si chiama "Barbie Miss Italia". Adesso te la faccio vedere…

Oh oh… è meglio che mi allontani velocemente. Sento che sta per scoppiare il finimondo. Forse anch'io, come mia madre, comincio a sentire le vibrazioni. E queste sono decisamente negative.

L'urlo di mia sorella non si fa attendere.

– AAAAAAAAAAAAAAH! Pietro! Cos'hai faaaaaaaaaatto?!

Mentre scappo, Anna esce dalla sua stanza con "Barbie Punk" in mano. Anche mia madre, attirata dalle sue urla belluine, accorre e cerca di prendermi, mentre io mi rifugio in camera mia. Valeria assiste alla scena a bocca aperta.

Io mi chiudo dentro la mia soppalco-stanza e blocco la porta con il letto, la scrivania, la sedia e la mia collezione completa di *Piccoli Brividi*. Poi mi riparo dietro una cassettiera.

Mia madre è sulle scale e cerca di aprire la porta. Sono perduto.

A quel punto, però, inaspettatamente, Anna la ferma.

– No, mamma, non c'è bisogno del tuo intervento. Ho cambiato idea. In fondo non è poi così male, adesso, la Barbie. Anzi, è molto meglio di prima.

Questa affermazione di Anna lascia me e mia madre spiazzati. Non avrei mai immaginato di fare un piacere a mia sorella! Non so se essere arrabbiato perché la mia missione è fallita (volevo che Anna s'incavolasse, non che fosse entusiasta) o se essere orgoglioso per aver scoperto una mia nuova vena artistica.

Dopo aver rimesso a posto i mobili, esco dalla stanza e mi avvicino ad Anna, cercando di volgere la situazione a mio vantaggio.

– Sono contento che ti sia piaciuta. Volevo farti una sorpresa... – mento spudoratamente.

– Grazie Pietro. È bellissima, è così... moderna! – esclama lei guardando compiaciuta la sua "nuova" Barbie.

Anche Valeria sembra apprezzare molto il mio lavoro.

– Se ti fa piacere – dico a mia sorella, ormai preso dall'entusiasmo creativo – posso trasformarti anche le altre Barbie.

– No, no... ti ringrazio... non ti disturbare – fa lei subito sulla difensiva. – Me

ne basta una. Questa è bella perché è unica nel suo genere…

– Beh… – interviene a questo punto Valeria, un po' invidiosa – però potresti farne una a me…

– Certo! Portami una delle tue Barbie e vedrai!

Non riesco a credere alla mia fortuna: lancerò una nuova generazione, superinnovativa di Barbie!!

8
Messaggero d'amore

Alfredo
detto Bombolo

IL GIORNO DOPO aspetto Alice nell'atrio della scuola, ma lei non arriva. Così chiedo ad Alfredo che cosa è successo e lui mi dice che sua sorella si è presa una brutta influenza.

Peccato, per oggi non potrò parlarle. Aspetterò fino a domani.

Passano però uno, due giorni, una settimana, e di lei neanche l'ombra. Dopo dieci giorni di attesa, decido di fare qualcosa. Non ce la faccio più, il dubbio mi snerva. Devo dichiararmi ad Alice e sapere se io le piaccio. Ma non ho il coraggio di parlarle guardandola negli occhi. Così mi viene in mente di usare un tramite, come nelle telenovele.

Penso subito a Bombolo, che lo farebbe volentieri in cambio di qualcosa di commestibile, ma lo scarto immediatamente: è distratto e non ha memoria. Si dimenticherebbe di certo quello che deve dire a sua sorella.

Potrei servirmi di Roberta, che ormai è diventata molto amica di Alice... ma forse non è il caso, visto che è dalle elementari che ha una cotta per me.

Proprio in quel momento, però, mentre sto passeggiando pensieroso per i corridoi della scuola, vedo Chiara, la migliore amica di Alice, e capisco che è la persona giusta.

Io e lei siamo ormai in confidenza e sa della mia cotta. Le ho anche affibbiato un soprannome. Siccome ama vestirsi combinando i vari colori perché facciano, come dice lei, *pandan*, da quando ho sentito quella parola, ho iniziato a chiamarla in questo modo.

– Ciao Pandan! Noto che i tuoi calzini a pois fanno *pandan* con il tuo cerchietto tigrato… – la prendo in giro senza offesa.

– Ciao spiritosone, com'è andata oggi? Hai preso qualche brutto voto?

– No, anzi. Ho preso *buono* in storia.

– E bravo. Finalmente mi dai delle soddisfazioni – mi dice lei, che da quando siamo diventati amici si preoccupa per me (e rompe) come una seconda madre.

La tiro da una parte e le illustro il mio problema.

– Allora, Pandan, questo pomeriggio devi farmi un piccolo favore. Dovresti andare a trovare Alice e indagare in modo discreto, senza naturalmente che lei capisca che sono stato io a suggerirtelo. Non so… puoi cominciare col chiederle se c'è qualcuno a scuola che le piace… fai qualche esempio e cita anche il mio nome. Capito? Poi, domani, mi riferisci. Ti supplico, dimmi che farai questo per me!

– E va bene, Pietro, ma a una condizione: che tu faccia la stessa cosa col tuo amico Carlo. Ripensandoci mi sembra molto carino… – mi dice con un sorriso furbetto.

– Affare fatto! – le rispondo io, stringendole la mano in segno di promessa.

Approfitto dell'ora di educazione fisica per parlare con Carlo. Durante una pausa della partita di calcio lo prendo per un braccio e lo trascino nello spogliatoio, con la promessa di cedergli metà della mia merenda.

– Allora, come va con le ragazze? – inizio. – È un po' che non parliamo più di queste cose... sei fidanzato oppure sei sempre single?

– Fidanzato? No, figurati, te lo avrei detto... ma perché mi fai tutte queste domande? – mi chiede, guardandomi con sospetto.

– Così, per curiosità... non è che per caso hai adocchiato qualcuna...

– Eccome se ne ho adocchiata qualcuna – mi risponde entusiasmandosi. – Per esempio mi piace parecchio Giuseppina, della II C. Hai presente, no? Poi ci sarebbe anche la sua compagna di banco, quella bionda, occhi azzurri... ma non è niente male neanche Beatrice, di III G... oppure quella bruna... come si chiama?

Paola! E poi Martina, Giulia, Arianna, Greta, Elena, Laura, Caterina, Mayte...

Carlo va avanti così, elencando un'altra trentina di nomi, bionde, brune, alte, basse, magre, grasse, fino a quando, tra le ultime, nomina anche Chiara.

– Ti piace Pandan?! – lo interrompo, cercando di pilotare la sua attenzione verso la mia complice.

– Beh, che c'è di strano? È molto carina. Ha degli occhi fantastici.

Ottimo!

– Secondo me anche tu potresti piacerle... – insinuo.

Carlo mi conosce troppo bene per non intuire cosa c'è sotto questa specie di terzo grado e in un attimo smaschera il mio giochetto. Per niente stupito della facilità con la quale ha conquistato Pandan, mi chiede subito di combinargli un appuntamento con lei.

È fatta! Altro che agenzia matrimoniale: sono meglio di Cupido!

Alla fine dell'ora di ginnastica troviamo Bombolo nel corridoio che collega la palestra allo spogliatoio. Ormai è praticamente esonerato da educazione fisica, per

101

via dell'asma e della sua inettitudine a qualsiasi sport. La cosa strana è che è accucciato a terra e si guarda in giro con fare misterioso. In mano ha una enorme lente di ingrandimento. Sembra che stia cercando qualcosa. Al momento, però, non gli prestiamo molta attenzione e ritorniamo alla nostra partita.

Quando rientriamo in classe troviamo la preside Galimberti che ci aspetta per darci un'importante comunicazione.

– Andate a sedervi e ascoltatemi bene, perché non ho intenzione di ripetere quello che sto per dirvi – ci ordina. – Sono sicura che questa notizia vi farà felici. Nel consiglio di classe che si è svolto questa settimana, tutti i professori, tranne il professor Garito, hanno espresso la ferma convinzione di volervi portare in gita quest'anno. Un po' perché, in fondo, ve lo siete meritato, un po' perché per alcuni di voi - e sottolineo alcuni - questo è l'ultimo anno alla scuola Monteverdi.

Un "evviva" si leva tra i banchi.

– Quindi, entro questa settimana dovete portare la quota di partecipazione alla gita. Sono cinquanta euro a testa.

A questo punto, sorge spontanea una domanda: ma dove si va?

Come se la preside ci leggesse nel pensiero (forse anche lei frequenta il corso di tarocchi di mia madre), conclude il suo discorso dandoci un'altra scioccante notizia.

– La destinazione della vostra gita rimarrà segreta fino al giorno della partenza, per non sciuparvi la sorpresa. Così è stato concordato, sia dai professori sia dai genitori!

La preside ci saluta ed esce. Subito però torna indietro e ci guarda uno per uno, severa.

– Dimenticavo di dirvi che la prossima settimana sarò assente per un paio di giorni. Non ci sarà nessuno a sostituirmi. Quindi, mi raccomando, comportatevi bene e non combinate i soliti pasticci.

Finite le lezioni, fuori da scuola fermo Pandan e le chiedo impaziente quando ha intenzione di andare a parlare con Alice. Mi dice di non agitarmi e mi promette che lo farà il pomeriggio stesso.

In totale trepidazione entro in casa senza salutare nessuno, neppure Mimma,

che scavalco sull'uscio ignorando le pantofole che ha depositato sullo zerbino, e nemmeno Daniele, che sta raccontando una delle sue penose barzellette a Isabella Togni, in attesa di qualche compratore.

Dopo mangiato provo a mettermi a studiare, ma non ce la faccio. Riesco solo a pensare che, in quel momento, Pandan sta parlando con Alice... non sto più nella pelle! Verso le quattro le telefono, e sua madre mi dice che è uscita e che non sa dov'è andata. Continuo a chiamarla ogni mezz'ora, ma alle sette e trenta Chiara non è ancora tornata a casa. In compenso ho fatto amicizia con sua madre, che è molto simpatica.

Mia mamma e mia sorella, nel frattempo, sono rientrate e si mostrano sinceramente preoccupate per il mio comportamento. Anche Mimma è inquieta e in pensiero per me. Mi guarda e scuote la testa a destra e a sinistra.

Finalmente, alle otto, trovo Pandan.

– Allora?... – le chiedo ansiosissimo.

– Allora cosa? – casca dalle nuvole.

– Come "allora cosa"? – urlo. – Che cosa ti ha detto Alice?

– Ah... è vero! Scusami... mi sono dimenticata...

– Non sei andata da Alice?

– Certo che ci sono andata, solo che mi sono dimenticata di chiederle quella cosa...

Dovevo immaginarmelo, la solita distratta.

– Ci avrei scommesso – le dico, seccato e deluso. – Sei sempre la solita... e io che ho già parlato con Carlo e che ho pure delle buone notizie per te...

In breve le riferisco quello mi ha detto il mio amico e le fisso un appuntamento per il giorno dopo alle tre del pomeriggio, al parchetto di Pagano. Pandan, piacevolmente sorpresa, mi giura che parlerà il prima possibile ad Alice.

9

La premonizione

Alice
la bellissima

DI PESSIMO UMORE, la sera vado a letto presto e sogno.

Sogno di svegliarmi la mattina dopo e di trovare mia madre in cucina che mi sta preparando la mia colazione preferita: i *pancakes* con la Nutella. Sogno di arrivare a scuola e di trovare Bombolo nell'atrio, che sta aspettando il suono della campanella per entrare. Alfredo mi guarda e mi dice che Alice è guarita e che adesso è di sopra e mi sta aspettando per dirmi una

cosa molto importante. Mi precipito in II C. La porta è chiusa. La apro e... in fondo all'aula c'è Alice. Ma non è da sola. Insieme a lei c'è un ragazzo. E sono abbracciati!

In quel momento mi sveglio con il cuore in tumulto, il respiro affannoso e le lacrime agli occhi. Mi calmo soltanto quando mi rendo conto che si è trattato di un incubo.

Guardo la sveglia: sono appena le sei e mezza. Provo a riaddormentarmi, ma proprio non ci riesco. Così scendo di sotto. In salotto, un delizioso odore di cioccolata s'insinua nelle mie narici. Entro in cucina e trovo mia madre che armeggia con la padella.

– Oh sei già qui, topolino... – mi dice allegra. – Ti ho preparato i *pancakes*. Volevo farti una sorpresa, ma sei sceso troppo presto... stanotte ho fatto un sogno premonitore...

– Anche tu?!

– Ho sognato che prendevi un bel voto in matematica e allora ho pensato di premiarti in anticipo.

Sono sbalordito. Ma non per i vaneggiamenti di mia madre, a cui da tempo

non do più alcuna importanza: è perché il mio sogno si sta avverando!

Davanti a scuola ovviamente trovo Alfredo, che mi ripete, parola per parola, le stesse cose che mi diceva nel sogno. Comincio a preoccuparmi seriamente. Salgo le scale di corsa e mi precipito verso la II C. Ormai, purtroppo, so già quello a cui andrò incontro. Mi blocco davanti alla maniglia, senza sapere cosa fare. Aprire o non aprire? Questo è il problema.

Mentre sono lì impalato come uno stoccafisso, però, la porta si spalanca violentemente dall'interno, centrando in pieno la mia faccia. Finisco a terra lungo disteso.

Questo particolare, se ben ricordo, non c'era nel sogno di questa notte...

– Oh scusami, Pietro... ti sei fatto male?

Questa voce mi è familiare. Caccio via le stelline che stanno girando vorticosamente intorno alla mia testa e apro gli occhi. Vedo Alice, china sopra di me con aria preoccupata. In quel momento, forse per il colpo che ho ricevuto, forse perché non so che altro dire, le sussurro all'orecchio: – Alice, io ti amo...

Lei abbassa lo sguardo, intimidita.

109

– Anch'io – mi dice a sua volta, in un soffio leggero.

Niente di più. Rimaniamo immobili, guardandoci negli occhi, mentre la mia mano cerca la sua per stringerla. Lei accenna un sorriso, a cui rispondo con una carezza. Tutto questo mentre intorno a noi si è radunata una piccola folla di studenti che ci applaude. Allora ci alziamo da terra e, facendo finta di niente, ci dirigiamo ognuno verso la propria aula.

Tornando in classe, trovo sulla porta Gian Luigi che cerca di consolare Roberta, in lacrime. La poverina deve aver assistito al mio incontro con Alice.

Sgattaiolo velocemente al mio posto. Ancora non riesco a credere a ciò che mi è successo. È stato tutto troppo semplice, troppo perfetto per essere vero. Avrei voglia di salire in piedi sul mio banco e di mettermi a cantare come Cenerentola di Walt Disney: «I sogni son desideri… di felicità…», ma ho una reputazione da difendere e mi trattengo.

Questo stato di beatitudine dura fino all'intervallo, quando mi precipito da Alice per essere sicuro di non aver delirato. Per fortuna non si è trattato di un sogno. È tutto vero! Passiamo tutta la ricreazione a parlare mano nella mano, raccontandoci la nostra vita. Scopro così che lei, pur essendo una femminista convinta, da bambina desiderava essere un maschio; che, pur essendo vegetariana, qualche volta si concede una bistecca alla fiorentina e che, pur essendo un'animalista sfegatata, le fanno orrore i topi.

Anch'io le racconto alcune chicche. Per

esempio che ogni tanto prendo le Barbie o i giornalini di mia sorella per giocarci senza che lei mi scopra.

Certo non sono azioni di cui possa vantarmi, ma Alice ride e si diverte. E questa è la cosa importante.

Finito l'intervallo la lascio malvolentieri per tornare in classe dove, come aveva predetto mia madre, vengo interrogato dalla professoressa di matematica e rubo bellamente un "distinto".

A casa, quando lo comunico alla mamma, lei mi guarda con aria di sufficienza: – Perché, avevi qualche dubbio?

Nel giro di cinque minuti, poi, capisce anche che mi sono fidanzato. Secondo lei perché ha avvertito la mia aura rosso cuore palpitante, secondo me perché ha notato la scritta che mi sono fatto sul braccio durante l'ora di geografia: «Oggi mi sono fidanzato».

La sera, prima di addormentarmi, ripenso a com'è stata perfetta la giornata di oggi. Finalmente le cose sembrano mettersi al meglio.

Nota dell'Autore: Pietro ignora quello che lo aspetta domani...

10
La parola alla difesa

la spaventevole terribile bidella Rosa

LA MATTINA SEGUENTE piove a dirotto e non posso andare a scuola in bicicletta. Così esco bardato con l'impermeabile e l'ombrello dei Simpson. Mia madre mi raggiunge di corsa in cortile, in vestaglia e pantofole, molto agitata.

– Stai attento… sento che ci sarà un furto in classe…

– Sì, sì, mamma – cerco di assecondarla.

– Adesso, però, rientra in casa: mi vergogno se i vicini ti vedono conciata così…

Il tempo di uscire dal portone e ho già dimenticato la sua predizione.

Sulla strada di scuola incontro Carlo che, dopo avermi scroccato un posto sotto l'ombrello, mi racconta dell'appuntamento del giorno prima con Pandan. Lei stranamente è stata puntuale. All'inizio la situazione era un po' imbarazzante, non sapevano di cosa parlare, poi però sono riusciti a trovare un argomento comune: le vacanze invernali a St. Moritz. Rotto il ghiaccio, Carlo le ha perfino offerto un gelato. Oh l'amore, come cambia le persone! Ora i due piccioncini sono fidanzati ufficialmente.

Come tutti i martedì, le prime due ore sono con il prof Garito... odio il martedì.

Il professore è già in classe, al buio, come la prima volta che l'ho visto, e questo non lascia presagire niente di buono. Ma mi sbaglio, perché dopo l'arrivo di tutti gli altri compagni l'insegnante ci dà una buona notizia: – Oggi salteremo l'ora di italiano e andremo in aula video a vedere un bellissimo documentario sulla vita di Giovanni Pascoli.

La classe esulta di gioia. Certo il video sarà di una noia mortale, ma è cento volte meglio che un'ora di lezione con lui.

– Prima, però – annuncia in tono sadico il prof – voglio controllare i vostri compiti. Chi non li ha fatti, rimarrà in classe a studiare!

Noi ragazzi restiamo di stucco: per oggi il Garito non ci aveva dato compiti!

– Pietro e Carlo, portatemi i quaderni e fatemi vedere gli esercizi! – ordina.

– Ma prof… – tentiamo di replicare debolmente.

– Ah! Non li avete fatti! Lo immaginavo: i soliti lavativi!

– No. Non li abbiamo fatti perché non ce n'erano – replica Carlo in tono deciso.

– Cosa?! Mi state per caso dando del bugiardo? – urla Garito. Poi si rivolge a Marcello: – Tu li hai fatti?

– Ehm, certo professore – mente lui spudoratamente. Vigliacco!

– Visto? – grida il Garito. – Mi avete calunniato inutilmente. Adesso, per punizione, rimarrete in classe e al mio ritorno voglio vedere sulla cattedra i compiti che avevo assegnato per oggi, scritti ordinata-

mente su un foglio protocollo. E non voglio sentirvi fiatare, altrimenti chiederò alla preside che vi punisca.

Carlo e io preferiamo non replicare, per non peggiorare la situazione, e il professor Garito se ne va, seguito dai nostri compagni. Per ultimo esce Marcello, che noi squadriamo con un'occhiata minacciosa, della serie: «Te ne pentirai!».

Rimasti soli, Carlo e io all'inizio proviamo a indovinare quale potrebbe essere l'esercizio fantasma che NON ci ha dato il Garito ma, visti i nostri inutili sforzi, rinunciamo e ci mettiamo in fondo alla classe a giocare a calcio con una pallina di carta. Dopo mezz'ora, però, siamo già stanchi e decidiamo di uscire un attimo per dare un'occhiata in giro e andare a trovare Rosa.

Lei, come al solito, ci accoglie con un abbraccio caloroso (fin troppo!) e ci offre qualche biscotto della sua riserva privata.

Cinque minuti prima che suoni la campanella della fine dell'ora, torniamo in classe. Dobbiamo prepararci una scusa plausibile per i compiti che non siamo riusciti a svolgere. Non facciamo in tempo a mettere in moto il cervello che soprag-

giungono l'insegnante e i nostri compagni, con le facce distrutte e le occhiaie.

– Com'era il filmato? – sussurro a Gian Luigi quando mi si siede accanto.

– Beati voi che siete rimasti in classe a studiare – mi risponde sottovoce, sbadigliando fino a slogarsi la mascella. – Era praticamente una ripresa fissa della tomba del Pascoli con la voce stentorea di uno speaker fuori campo. Il tutto per ben quarantacinque minuti. Ho dovuto farmi dare dei pizzicotti da Roberta per rimanere sveglio...

A quel punto, un urlo agghiacciante sovrasta i nostri bisbiglii.

– CHI HA OSATO PRENDERE LA MIA PENNAAAA?!

Ci scambiamo occhiate terrorizzate e perplesse. Quale penna?

– Se entro cinque secondi la mia penna non salta fuori – è il prof Garito che grida, paonazzo – vi porto tutti a calci nel sedere in presidenza e vi faccio sospendere per una settimana.

Poi, ricordandosi di avere lasciato solo me e Carlo in classe, si getta addosso a noi come una furia.

– Pietro, Carlo! So che siete stati voi! Tirate subito fuori la mia penna!

Allibiti fissiamo il professore.

– Prof, forse è caduta per terra. E poi non c'è bisogno di prendersela così... – tenta inutilmente di calmarlo Carlo.

– Non c'è bisogno di prendersela così?! Quella penna è un caro ricordo di famiglia. Me l'ha regalata mia madre quando ero in terza media, proprio come voi. Solo che io mi comportavo in modo decente e non rubavo le penne al mio professore!

A quel punto, senza aspettare una risposta, il professor Garito ci prende per la collottola, con una forza che non avrei mai immaginato avesse, e ci costringe a vuotare le tasche, a toglierci scarpe e calzini e a rovesciare il contenuto delle nostre cartelle sui banchi.

A un tratto, con un tintinnio sinistro, una penna dorata cade da una delle tasche laterali dello zaino di Carlo. Guardo sorpreso e inorridito il mio amico, ma lui sembra ancora più sorpreso e inorridito di me.

Non posso credere che sia stato lui. Fi-

guriamoci, il mio migliore amico che ruba! Non esiste!

– Sono stato tutto il tempo con lui, – dichiaro allora al Garito, fissandolo con uno sguardo arcigno – e posso giurare che non si è neanche avvicinato alla cattedra, indi per cui non può essere stato lui a prendere la penna. A questo proposito vorrei chiamare come testimone della difesa la bidella Rosa...

Come spuntata dal nulla, Rosa entra in classe e si siede vicino alla cattedra, iniziando la sua deposizione (non prima di aver giurato di dire tutta la verità).

La stanza si trasforma in un'aula di tribunale.

I compagni si sono disposti a semicerchio intorno alla cattedra, dove siede il professor Garito. Carlo è seduto alla sinistra dell'insegnante e Roberta, incaricata di tenere il verbale, usa la schiena di Gian Luigi per appoggiare il quaderno. Io, con le mani dietro la schiena, vado avanti e indietro per la classe.

– Dica gentilmente alla giuria il suo nome, – chiedo alla testimone – in modo che tutti possano udirlo chiaramente.

– Rosa.

– E qual è la sua professione?

– Bidella.

– Dov'era ieri sera, alle undici e mezza?

– Ero a casa mia a guardare *Bidelle*, una serie tivù sul nostro duro lavoro.

– Le piace quel programma? – la incalzo io.

– Obiezione! – grida Marcello che fa le veci dell'accusa. – La difesa non può indurre il teste a esprimere un parere personale. Che perdipiù non riguarda il furto avvenuto oggi.

– Obiezione accolta – replica serio il prof Garito. Poi rivolto a me, con aria di rimprovero: – E lei si sbrighi ad arrivare al dunque, che sta per suonare la campanella.

– Ok, ok... dunque, Rosa, le ricordo che lei è sotto giuramento. Ha mai visto prima d'ora l'imputato?

– Beh... sì, lo vedo ogni giorno.

– Quindi saprebbe riconoscerlo?

– Certo, che domande!

– Allora me lo indichi.

Rosa punta il dito verso Carlo.

– Si metta a verbale che la bidella Rosa

ha riconosciuto l'imputato – dico a Roberta. Poi di nuovo a Rosa: – E quand'è l'ultima volta che l'ha visto?

– Pressappoco mezz'ora fa. È rimasto con me fino alle nove ed era insieme a lei, signor avvocato.

– Quindi, miei cari giurati, – concludo girandomi verso i compagni – il mio cliente è innocente. Ha trascorso tutto il tempo con me e una parte anche con Rosa. E tutti e due possiamo testimoniare che non ha commesso il furto. Per convincervi ulteriormente della sua innocenza, chiamo a deporre lo stesso imputato.

Carlo si siede al posto di Rosa, aspettando di essere interrogato.

– Come ti chiami? – inizio cercando di metterlo a suo agio.

– Carlo.

– E quanti anni hai?

– Quattordici.

– Hai rubato tu la penna? – gli chiedo infine a bruciapelo.

Carlo rimane in silenzio per qualche minuto poi, con la voce che tradisce l'emozione, risponde: – Sì, sono stato io...

Questa affermazione lascia la classe,

ma soprattutto me, a bocca aperta. Tutta la mia arringa difensiva è stata inutile. E io che credevo fermamente alla sua innocenza! Sento crescere dentro di me un senso di vergogna nei confronti del mio amico, un sentimento che non provavo più dallo scorso anno, quando Carlo aveva letto davanti a tutti la dichiarazione d'amore che avevo scritto a Cecilia.

– Volevo solo fare uno scherzo… – tenta di giustificarsi lui.

– Bene, bene, pare che abbiamo trovato il colpevole – sussurra malvagiamente Garito. – Purtroppo, però, né oggi né domani ci sarà la preside e io senza di lei non posso sospenderti. Ma voglio lo stesso parlare con i tuoi genitori.

Carlo va a sedersi al suo banco sotto lo sguardo costernato di tutti. Io vorrei consolarlo, ma non ce la faccio. Non riesco ancora a credere a quello che ha fatto.

Per tutte le ore successive in classe regna un silenzio assoluto. Durante l'intervallo, Carlo non esce neppure dall'aula. Rimane a far compagnia a Bombolo. Entrambi muti come pesci. Io racconto tutto ad Alice che, pur conoscendo poco Carlo,

rimane di sasso. Cerca di consolarmi, ma io non l'ascolto. Sono ancora scosso. Quando Pandan viene a sapere cos'ha fatto il suo fidanzato, scoppia in lacrime.

All'uscita di scuola cerco di avvicinarmi al mio amico per parlargli, ma lui fila via senza neanche guardarmi in faccia.

A casa, come se non bastasse, mi aspetta un'altra brutta notizia. La mia famiglia è sulla porta, tutta in ghingheri, in attesa che arrivi un probabile compratore del nostro appartamento. Ha già visto la casa in un'altra occasione e oggi torna con la moglie e il figlio. Mi rifiuto di vestirmi elegante per accogliere colui che mi sfratterà dalla MIA casa e mi siedo a tavola a consumare un piatto di pasta ancora tiepida.

Non ho ancora finito di mangiare che suonano al citofono. L'acquirente, accompagnato da Isabella Togni, è bassettino, pelato, con un sorriso esagerato stampato perennemente sulla faccia e con un'orribile cravatta a piccoli pois. La moglie è poco più bassa del marito e leggermente sovrappeso, capelli biondi, tre dita di trucco. Il figlio, biondo anche lui, è il più

alto dei tre. Il viso ricorda quello del padre, la corporatura quella della madre. Un mix letale. La famigliola, senza neanche chiedere il permesso, entra in salotto e mi lascia, quasi fossi il maggiordomo, le giacche da appendere. Guidati dalla Togni iniziano il loro tour per l'appartamento.

– Guarda cara, – dice l'uomo rivolto alla moglie – guarda che bello spazio areato. Peccato per il pavimento nero... ma lo cambieremo, naturalmente. Non ti preoccupare.

– In effetti, anche noi avevamo intenzione di cambiarlo... – interviene Daniele, cercando di fare bella figura con una battuta. – Anche perché Mimma, la nostra gatta nera, ama sdraiarsi per terra e mimetizzarsi. Così, a volte, rischiamo di schiacciarla!

Il capo famiglia, però, non sembra gradire l'ironia di Daniele e lo guarda con aria di sufficienza.

Entrati in cucina, è la volta della moglie di dire la sua: – Stupenda questa cucina, così caratteristica... forse un tantino rustica, un po' troppo antiquata... ma ba-

sterà rinnovare qualcosina e sarà stupenda.

– Certo, cara – le risponde il marito, mentre mia madre assiste alla scena furibonda, essendo stata lei, quando lavorava come arredatrice, a sistemare la cucina.

– Proporrei di abbattere anche qualche parete, per dare a questa casa una forma un po' più decente – prosegue l'uomo salendo al piano di sopra. – Vieni Junior – grida poi rivolto al figlio, che nel frattempo si diletta a tormentare Mimma.

– Cosa sarebbe questo, un ripostiglio? – dice il ragazzo con una voce stridula che non si addice alla sua stazza indicando la mia soppalco-stanza.

– No, non è un ripostiglio. Questa è la stanza di Pietro – risponde la Togni.

– Poveraccio... come si fa a tenere un ragazzo segregato là dentro?

Un fremito mi percorre la schiena e sto per esplodere, ma mia madre mi ferma, tirandomi per un braccio.

– Potremmo metterci il nostro cane in questo soppalco, vero mami? – propone Junior, mettendo ancora più a dura prova il mio controllo e anche quello di Mimma

127

alla quale, a sentire la parola "cane", si sono rizzati tutti i peli della schiena.

– Certo, tesoro. Tutto quello che vuoi! – gli dice la madre.

Alla fine del devastante tour, la Togni accompagna fuori quell'irritante sotto-specie di famiglia. Quando torna, ha in mano una proposta di acquisto. È già tutta compilata, manca solo la firma di Daniele. Abbiamo due settimane di tempo per decidere.

11
Un brutto sogno

IL GIORNO DOPO Carlo non c'è e il professor Garito commenta a modo suo l'assenza: – Si dev'essere vergognato, dopo quello che ha fatto. Almeno dimostra di avere un po' di pudore. Non creda comunque di intenerirmi: non basterà un mese di assenza per farmi dimenticare il furto della mia penna.

Fatto sta però che il prof, per oggi, non urla e non si arrabbia con nessuno, neanche con me, e ha disegnata sul volto un'e-

spressione di saggio distacco. Questo fin quando Rosa non entra in classe per leggere un avviso che la preside le ha dettato per telefono. La comunicazione dice di portare entro il giorno dopo i cinquanta euro per la gita.

Basta questo per far scattare una scintilla d'ira nel nostro insegnante.

– Gita?! Ancora si parla di gita?! Dopo quello che è successo... non permetterò che questa classe di ladri e indisciplinati salti dei giorni preziosi di scuola.

Basta comunque uno sguardo di Rosa per fargli capire che se la preside ha preso una decisione, quella decisione è irrevocabile. Naturalmente però la preside non è a conoscenza dell'ultimo furto...

Durante l'intervallo vengo avvicinato da Alfredo, che mi dice di essere molto stupito e dispiaciuto per il gesto di Carlo.

– È probabile che adesso vogliano farlo diventare il capro espiatorio di tutto quello che è successo nella nostra classe – dice in tono grave, poi mi mette una mano sulla spalla e mi sussurra di non preoccuparmi.

Non capisco cosa intenda dire.

All'uscita di scuola Roberta e io decidiamo di organizzare una rapida riunione
di classe per discutere di quello che sta
accadendo.

– Domani tornerà la preside – apre il di-
battito la mia aspirante fidanzata. – Sicuramente il prof Garito le racconterà tutta
la faccenda, e allora saranno guai. L'unica
possibilità è quella di comportarci bene,
sperando che decidano di graziarci.

A quel punto intervengo io: – Non so
chi sia stato a rubare i soldi di Gian Luigi
e la merenda di Bombolo…

– Te lo dico io chi è stato! – interviene
Marcello, come sempre a sproposito. – È
stato Carlo. È lui il ladro della classe!

– Mi spiace contraddirti, Marcello, ma
ero con lui quando ci sono stati i due furti
e posso dirti che è innocente!

– Forse perché tu e lui siete in com-
butta…

– Smettila, ora stai esagerando! – lo zittisce Roberta prendendo le mie difese.
– Domani portiamo tutti quanti i soldi:
trovandoseli in mano la preside non potrà
rifiutarsi di farci partire. Almeno spero. E
comunque non abbiamo alternative.

Detto quello che abbiamo da dirci, ce ne andiamo via, con la speranza che il giorno dopo vada tutto come previsto.

A casa non c'è nessuno. Mia madre mi ha lasciato scritto che sarà di ritorno per le due e mezza. Accanto al foglietto, sul tavolo, c'è l'offerta di acquisto della casa, ancora intonsa: sembra circondata da un'aura minacciosa.

Vado in cucina e apro il frigo per vedere se c'è qualcosa che possa ispirarmi una ricetta. Voi penserete che io sia un inetto ai fornelli, ma non è così. E ora ve lo dimostrerò.

Per prima cosa, la carne: petti di pollo impanati con pepe, qualche oliva nera e due foglie di alloro. Come contorno, purè. E mentre la carne frigge e le patate cuociono, preparo anche la mia famosa torta allo yogurt e miele. Solo a voi, perché mi avete seguito fin qui, svelerò la mia ricetta segreta.

Prendete un contenitore di terracotta abbastanza capace, versateci dentro trecentocinquanta grammi di farina, duecento di zucchero e amalgamate il tutto

con circa cento grammi di burro fuso e due uova sbattute. Poi aggiungete due vasetti di yogurt bianco, due cucchiai di miele, la buccia di un limone grattugiata, latte quanto basta e infine una bustina di lievito per dolci. Un'ultima rimescolatina e versate il tutto in una tortiera ben imburrata e infarinata. Lasciate cuocere per venti, venticinue minuti a duecento gradi, finché la superficie del dolce non acquista una leggera doratura. L'avanzo dell'impasto rimasto nella terrina non va buttato, ma leccato avidamente. Ne vale la pena!

Dopo pranzo, mi aspettano i Simpson, i compiti, il frullato di banane e due tiri al pallone in cortile. Poi finalmente riesco a ritagliarmi uno spazio per telefonare a Carlo e avvisarlo di portare i cinquanta euro per la gita. Naturalmente voglio anche sapere come sta. Al terzo squillo, mi risponde la sua voce forte e tagliente:
– Pronto?
– Ciao Carlo, sono io... come va?
– Mi fa piacere che tu mi abbia telefonato – mi dice Carlo.

Ricetta della torta yogurt e miele
1
MESCOLARE
200g DI ZUCCHERO
100g DI BURRO FUSO
2 UOVA SBATTUTE
2 CUCCHIAI DI MIELE
ZUCCHER
miele
BUCCIA DI LIMONE
1 BUSTINA DI LIEVITO PER DOLCI
2 VASETTI DI YOGURT
2
versare
n una
teglia
mburrata
infarinata
3
CUOCERE in forno a 200°
PER 20 MINUTI

– Perché l'hai fatto? – gli chiedo, andando subito al sodo.

Dall'altra parte tutto tace. Poi, vinto l'imbarazzo, Carlo si decide a parlare.

– Non lo so neppure io con precisione, Pietro. So solo che quando ho visto quella penna appoggiata sulla cattedra, l'ho presa e me la sono messa in tasca, senza pensare alle conseguenze del mio atto. Ti giuro, Pietro, vorrei non averlo mai fatto!

Gli credo. Parliamo ancora un po', cercando di cambiare discorso. Gli dico del nostro piano e della quota per la gita. Lui mi spiega che farà di tutto per venirmi a prendere all'uscita, ma che non se la sente di rientrare a scuola e che preferisce stare a casa un altro giorno.

Il giorno dopo, infatti, Carlo è ancora assente, ma i soldi della gita ci sono tutti.

I suoi cinquanta euro li ho anticipati io. Il denaro viene messo in una busta e conservato nel cassetto della cattedra.

Più tardi la preside, che nel frattempo è tornata, entra nella nostra classe per strigliarci a dovere.

– Ho parlato con il vostro insegnante – inizia guardandoci uno per uno. – Mi ha riferito come vi siete comportati in questi giorni: lascio la scuola un attimo e guarda che pasticci mi combinate! Ormai, però, i soldi sono stati raccolti e non voglio deludere i vostri genitori. Per cui la gita si farà lo stesso. Sappiate comunque che se da oggi fino al giorno della partenza non vi comporterete più che bene, annullerò il viaggio e non saranno milleduecentocinquanta euro a fermarmi.

Terminato il suo discorso, esce dalla classe.

Come promesso, Carlo mi aspetta fuori dalla scuola e si autoinvita a pranzo a casa mia.

Finiti i Simpson, puntuale come un orologio svizzero torna a casa mia madre. Ha un rotolo di papiro legato con un fiocco sotto il braccio, un cappello a

punta in testa e un bacchetta di legno in mano.

– Guarda che non siamo a Carnevale, mamma – le dico vedendola.

– Spiritoso... so benissimo che non è Carnevale e infatti non si tratta di una pagliacciata. Semplicemente mi hanno appena consegnato il diploma di terzo grado dell'Ordine di Fattucchiere del mio corso per corrispondenza. La zia Kitty ha già raggiunto il quinto livello e l'anno prossimo si laurea. Che invidia!

Poi, accortasi di Carlo che la osserva incredulo, lo saluta agitando la bacchetta: – Oh Carlo, anche tu qui...

– Scusa Maria Grazia... ma sei veramente una maga? – le chiede lui curioso, ignorando le mie smorfie di disapprovazione.

– Perché, non ci credi? – risponde con tenerezza mia madre.

– No, ci credo. Mi chiedevo solo se potevi darmi una piccola dimostrazione... – insiste il mio amico, mentre io cerco di tappargli la bocca saltandogli addosso e rovesciandolo sul divano.

– Di solito non mi esibisco su richiesta –

fa mia madre, falsamente modesta. – Questa volta lo farò, ma solo perché sei tu –. Quindi si volta verso di me: – Pietro, controlla nel tuo zaino. Credo che tu ti sia dimenticato a scuola il diario...

– Ricordo quasi perfettamente di averlo messo in cartella – dico mentre mi alzo e vado ad aprire lo zaino. Solo che, cerca e ricerca, il diario non c'è. Svuoto la cartella tre volte, finché mi arrendo all'evidenza. Carlo è strabiliato. Mia madre, invece, sorridendo compiaciuta, ci manda di corsa a scuola a recuperare il diario.

Anche per strada Carlo mantiene l'espressione basita che aveva di fronte a mia madre.

– Si può sapere che ti prende? – gli dico cercando di scuoterlo.

– Ma ti rendi conto? Che fortuna! Tua madre è una veggente. Legge il futuro. La mia, invece, si ricorda a malapena il passato.

– Macché veggente! – mi ribello. – Non capisci che è tutta una farsa?!

Nel frattempo arriviamo a scuola. Il portone è chiuso: dobbiamo passare dal cortile. Entrando, sentiamo il rumore de-

gli operai che ormai da più di due mesi stanno ristrutturando la palestra. Al piano terra incrociamo il professor Garito che è nell'aula professori a sistemare il registro di classe. Ci vede passare, ma stranamente non ci ferma e non ci dice nulla. Sulle scale, invece, c'è Rosa, che sta facendo le pulizie. La salutiamo frettolosamente, spiegandole il motivo della nostra presenza. Entriamo in classe, prendo il diario che avevo lasciato sotto il banco, e poi di corsa a casa.

Lì, in nostra assenza, è scoppiato un dramma. Daniele è in cucina, disperato, con in mano la lista dei cibi che può e non può mangiare. Il dottore lo ha messo a dieta per tre mesi. Mia madre è affranta perché ha appena scoperto che Mimma è scappata di casa. O almeno così sostiene lei. Dice che lo ha capito grazie ai suoi poteri di veggente. Io naturalmente non le credo. La gatta sarà andata a farsi una passeggiatina, come al solito.

Anche Anna, che è appena tornata a casa da scuola, tanto per migliorare la situazione, è in lacrime. – E a te che ti prende? – le chiedo esasperato.

139

Mi spiega che ha appena saputo da Valeria, la sua compagna di banco, che è morta la mamma delle Barbie (traduzione: la signora che le ha inventate).

Cerco di tranquillizzarla dicendole che, da qualche parte, ci sarà anche un papà delle Barbie, o magari uno zio, una zia, qualcuno insomma che si occupi di loro ora che sono rimaste orfane. Ma lei non mi dà retta e si rifugia in camera sua sbattendo la porta.

Carlo, che ha capito che per il momento di fare merenda non se ne parla, si congeda con una scusa e se ne va. È sì un amico, ma della mia famiglia per oggi ne ha avuto abbastanza! Io, invece, che non posso andarmene, per ignorare i vari piagnistei mi siedo in salotto e accendo la tele. Neanche cinque minuti di relax e sento un annuncio sconvolgente: «Da domani,» spiega lo speaker «alle ore quattordici, al posto dei Simpson andrà in onda la nuova serie dei Pokemon».

– NOOOOO! – urlo con il volto lacerato dal dolore. Ora il mio piagnisteo si aggiunge a quelli degli altri membri della mia famiglia... ed è il più disperato di tutti!

A cena, quando realizziamo che Mimma non è ancora tornata a casa, cominciamo a preoccuparci. Mia madre continua a ripetere: – Ve l'avevo detto... ve l'avevo detto...

Fuori è già buio. Daniele è in ansia: non sopporta che Mimma sia in giro per strada da sola, e per giunta di notte. È sempre stato molto protettivo nei suoi confronti, come un padre geloso.

Facciamo subito un piano per ritrovare la gatta e riportarla a casa sana e salva. Nome in codice della missione: "Salvate il soldato Mimma!".

Daniele distribuisce a ciascuno di noi l'equipaggiamento da combattimento: una scatola di croccantini, un gomitolo di lana, che dobbiamo legare alla porta di casa per non perderci a nostra volta, e una pila. Anna porta anche Fuffi, il suo pupazzo preferito: un cane di peluche che abbaia quando gli si schiaccia la pancia. Mimma lo odia con tutto il cuore e quando mia sorella non c'è, ne approfitta sempre per entrare in camera sua e affilarsi le unghie su di lui. Dopo di che Daniele ci consegna la cartina del luogo. Cia-

scuno seguendo una direzione diversa, diamo inizio alla spedizione di salvataggio. Daniele ci aspetterà a casa, da dove coordinerà le operazioni.

Agitando la scatola di croccantini e urlando il nome della mia gatta, percorro tutta la zona intorno alla mia scuola. Le poche persone che incontro mi guardano stranite.

Dopo più di un'ora di vana ricerca, torniamo tutti a casa. Anna ha trovato un coniglio bianco, un cagnolino nero e un maialino rosa. Mia madre, invece, si presenta con un cucciolo di leopardo, tre pesciolini rossi in una vaschetta e una famiglia di tartarughine. Io arrivo a mani vuote, in compenso però ho perso il portafoglio. Decidiamo di fare una riunione di famiglia per capire dove possa essere finita Mimma, ma soprattutto perché si è allontanata. Non è certo la prima volta che ci troviamo in questa situazione: anche due anni fa la nostra gatta se n'è andata di casa, ma almeno allora ci aveva lasciato un biglietto con scritto dove andava e quando sarebbe tornata. Adesso invece è sparita senza dirci nulla.

Sotto sotto, però, anche se nessuno osa ammetterlo, sappiamo perché l'ha fatto: non vuole che vendiamo la casa e che ci trasferiamo da un'altra parte. Così ce ne andiamo a letto, con la speranza che Mimma ci ripensi e si decida a tornare.

La mattina dopo, un grido di mia madre mi sveglia di soprassalto. Sono già le otto e la sveglia non è suonata! Era così in ansia per la gatta che si è dimenticata di caricare la suoneria.

Do apposta una testata contro il soffitto per svegliarmi e senza neanche accorgermi mi trovo lavato, vestito e in sella alla mia scheggia a due ruote.

A scuola, sulle scale, non c'è nessuno. Sono in ritardissimo. Corro con il cuore in gola lungo il corridoio che mi separa dalla mia classe e, ricomponendomi davanti alla porta, la apro. Dentro c'è la prof Gruber, che sta spiegando l'importanza del periodo barocco in musica. Appena entro si zittisce e, imitata dai miei compagni, mi guarda con aria severa. Roberta scuote la testa e Gian Luigi fa fatica a fissarmi negli occhi. Il banco di Carlo è

vuoto. Eppure mi aveva promesso che oggi sarebbe venuto…

– Pietro, come hai potuto farlo? – dice la Gruber in tono di rimprovero. – Io mi fidavo di te e tu mi hai profondamente deluso…

La guardo allibito: tutta questa scena per dieci minuti di ritardo! Mi sembra un tantino esagerata.

– Prof… non è colpa mia… non l'ho fatto apposta. E poi è la prima volta che lo faccio… – tento di replicare.

– Cos'è, mi prendi in giro? E di chi sarebbe la colpa? Sentiamo…

– Beh, di mia madre…

La classe scoppia a ridere.

– Vuoi forse insinuare che è stata tua madre a rubare i soldi della gita?

Rimango di sasso. Non so cosa dire. Di che furto sta parlando?!

– Bene, vedo che taci! Adesso vai in presidenza. Lì troverai anche il tuo amico Carlo – conclude la professoressa Gruber.

Non oso replicare e mi avvio, frastornato, verso l'ufficio della preside. Forse è tutto un sogno. Un brutto sogno.

In presidenza in effetti trovo Carlo. Ha la

testa tra le mani e, sconsolato, sta aspettando l'arrivo della Galimberti, che si è assentata un attimo.

Appena entro, il mio amico mi abbraccia quasi in lacrime e mi spiega brevemente quello che è successo: – Questa mattina, quando siamo entrati in classe, abbiamo trovato lì non solo la Gruber, ma anche la preside – inizia Carlo, ancora sconvolto. – La Galimberti mi ha subito puntato addosso il suo dito accusatorio. Ieri pomeriggio - ha spiegato - il Garito, mentre era nell'aula professori a sistemare il registro, ci ha visto entrare a scuola. Pochi minuti dopo è salito in classe per prendere dal cassetto della sua cattedra la busta con i soldi per la nostra gita e metterli nella cassaforte della scuola. Ma la busta era scomparsa... i milleduecentocinquanta euro... spariti! Ha telefonato subito alla preside e, dopo averle spiegato la situazione, ha fatto i nostri due nomi.

– Vuoi dire che ci ha accusati lui?

– Sì, è andata proprio così. E dopo aver finito di parlare, la preside mi ha preso per un braccio, mi ha portato nel suo uffi-

147

cio e mi ha lasciato dicendo che andava a chiamare il prof Garito... a proposito, come mai sei arrivato così in ritardo? Non vedendoti, la preside si è arrabbiata ancora di più. Sosteneva che molto probabilmente non saresti venuto perché avevi paura di farti vedere, dopo quello che avevi combinato insieme a me.

In quel momento la porta dell'ufficio si apre ed entrano Garito e la Galimberti, tutti e due con uno sguardo vitreo. Carlo e io li guardiamo in silenzio.

– Ho chiamato il professor Garito, che stimo molto, – inizia subito la preside – perché, anche se tutte le prove sono contro di voi, vi conosco abbastanza e ancora non sono del tutto convinta che siate voi i colpevoli. Rubare una penna per scherzo è una cosa, sottrarre milleduecentocinquanta euro è un'altra. Mi domando perché avreste dovuto farlo... sono soldi anche vostri e rubandoli sapevate di fare un dispetto soprattutto a voi stessi, dato che in questo modo sarebbe saltata la gita di classe. L'unica cosa che vi posso dire, se veramente siete stati voi, è di restituire alla svelta ciò che avete preso, per evitare

almeno che insieme a voi vengano puniti i vostri compagni.

– Ma preside... non siamo stati noi. Ci deve credere – replico io. – È vero, siamo venuti a scuola verso le tre del pomeriggio, ma solo per riprendere il mio diario che avevo dimenticato sotto il banco. I soldi potrebbero essere stati rubati prima di quell'ora.

– È impossibile – interviene questa volta Garito, con un tono meno amichevole di quello della preside. – Sono stato in classe dalle due alle tre a correggere le verifiche della I C e sono sceso in segreteria appena in tempo per vedervi salire. Durante la pausa pranzo ho chiuso la porta a chiave, quindi nessuno è potuto entrare.

Cerchiamo ancora di ribattere, ma la preside ci zittisce. Conclusione dell'incontro: il giorno dopo, i nostri genitori sono convocati per una "chiacchieratina" con la preside. Carlo e io veniamo rispediti in classe. Non sia mai che perdiamo troppe ore di studio!

Nel frattempo, l'ostilità nei nostri confronti non è certo diminuita. Tutti, com-

149

presa la professoressa Gruber, ci seguono con uno sguardo furente mentre ci sediamo al nostro posto. Il compagno di banco di Carlo, appena lui si siede, si sposta per evitare di stargli vicino. Gian Luigi invece rimane al suo posto, ma non mi rivolge la parola per tutta l'ora. Meno male, di solito è così logorroico!

All'intervallo, mentre tutti escono, Marcello mi passa davanti sogghignando.

– Cos'hai da essere così felice? – gli ringhio contro. – Non ti dispiace che la gita sia saltata?

– Della gita non m'interessa niente... m'interessa invece che tu e Carlo finiate nei pasticci.

Trattengo a fatica la rabbia e mi allontano insieme a Carlo. Ci dirigiamo subito verso la classe di Alice e Pandan, confidando che almeno loro ci diano un po' di conforto. Ma non va così. Quando le ragazze si accorgono di noi assumono uno sguardo offeso e fuggono verso il bagno delle femmine. Non tentiamo neanche di seguirle: di sicuro sanno già del furto.

Carlo e io allora, affranti e soli, ci dirigiamo di nuovo verso la nostra classe.

– Pietro, bisogna fare qualcosa. Dobbiamo trovare noi il colpevole, visto che nessuno vuole credere alla nostra innocenza.

– Hai ragione. Hai visto come ci hanno guardato le ragazze? – dico io, con in mente gli occhi di Alice che mi fissano pieni di risentimento. – Comunque non le capisco: dopotutto ci conoscono, lo sanno che non faremmo mai una cosa del genere. Come hanno potuto credere a quello che si dice in giro, senza nemmeno sentire la nostra versione dei fatti?

Carlo però non sembra ascoltarmi.

– Se solo la metà di quello che Garito ha detto è vero, la cerchia dei possibili colpevoli si restringe a poche persone. Nei cinque minuti in cui la classe è rimasta "sguarnita", prima che noi salissimo a prendere il tuo diario, c'erano solo tre persone nell'edificio che avrebbero potuto rubare i soldi. Una è lo stesso Garito ma, anche se mi piacerebbe vederlo messo alla gogna, non credo che sia lui il colpevole. L'altra è Rosa, la nostra cara bidella, che non mi sembra proprio il tipo. L'ultima persona, o meglio le ultime persone, sono i muratori che stanno rimettendo a posto la palestra...

Dicendo questo entriamo in classe e troviamo Alfredo, in piedi su una sedia, che sta guardando la parete sopra la lavagna.

– Che fai Bombolo? – gli chiede Carlo.

Colto di sorpresa, Alfredo per poco non cade dalla sedia.

– Niente! – si affretta a rispondere. – Sto solo dando un'occhiata a questa macchia di vernice bianca. Sono sicuro che ieri non c'era e non capisco come sia arrivata fin lì...

Carlo e io ci guardiamo e improvvisamente realizziamo. Ringraziando Bombolo, ci precipitiamo in palestra. Chi può aver lasciato una macchia di vernice se non un muratore? Arrivati davanti alla porta sbarrata della palestra ci fermiamo di scatto: delle voci provengono dall'interno. Ci mettiamo entrambi in ascolto.

– Come ci dividiamo i soldi? – domanda una voce maschile.

È quella di uno dei muratori.

– Quanti sono? – replica una seconda voce.

– Milleduecentocinquanta euro. Cinquecento a me, cinquecento a te e duecentocinquanta al ragazzo... – risponde il primo operaio. Si sta riferendo sicuramente a Fatmir, il diciassettenne albanese che fa l'apprendista muratore. Lo conosciamo bene noi ragazzi, perché ogni tanto, alla fine delle lezioni, facciamo due tiri al pallone con lui.

Carlo e io ci guardiamo, allibiti ed euforici nello stesso tempo. Abbiamo trovato i veri colpevoli! Senza pensarci due volte raggiungiamo di corsa la presidenza. Dentro, sommersa da un mare di scartoffie, c'è la preside Galimberti. Non le diamo neppure il tempo di alzare la testa e le raccontiamo concitatamente quello che abbiamo sentito poco prima.

– Lo so – afferma lei placidamente, come se stesse dicendo la cosa più ovvia sulla faccia della terra. – Glieli ho dati io questa mattina, i soldi...

– Ma come?! LEI? Gliel'ha dati lei? E perché? – balbettiamo increduli.

– Beh, se lo meritavano, con tutto quello che hanno fatto...

– Vuol dire che era d'accordo con loro? – insiste Carlo.

– Certo. Che domande!

– E la nostra gita? Non ha pensato a noi? – gridiamo indignati.

A quel punto, la preside si blocca e scoppia a ridere.

– Ma cosa avete capito? I soldi di cui parlavano i muratori e di cui stavo parlando anch'io non sono i vostri, ma un anticipo che mi hanno chiesto gli operai per il lavoro che stanno facendo in palestra. Cos'è, vi siete improvvisati detective, adesso?

Noi arrossiamo abbassando la testa.

– Mi spiace ragazzi, ma sarà difficile riuscire a sviare i sospetti del professor Garito. È deciso a chiedere la vostra sospensione. Comunque ne riparleremo domani, con i vostri genitori.

Ecco la cosa che mi preoccupa di più: dirlo a mia madre. Non tanto per l'accusa di furto, a cui sono convinto non crederebbe, quanto per la sospensione. Nel tragitto scuola-casa penso a come e quando darle la brutta notizia.

Entrando in cucina, però, capisco subito che non è il momento adatto per parlarle. È seduta al tavolo e fissa il foglio con la proposta di acquisto del nostro appartamento. È indecisa se firmarlo oppure no. In più Mimma non è ancora tornata.

– Abbiamo due possibilità – attacca mia mamma con tono sconsolato. – O firmiamo questo pezzo di carta e ci trasferiamo in una casa più comoda, ma senza Mimma, o lo stracciamo e andiamo avanti così, un po' strettini, ma tutti insieme...

Poi si zittisce, sospira e riprende a fissare il documento.

Non ho il coraggio di parlarle dei miei guai. Ne ha già abbastanza dei suoi. Rimane così per tutto il pomeriggio, mentre io mi rifugio in camera mia, a pensare a cosa succederà nel caso io venga sospeso, e magari anche bocciato. Ipotesi terribile. Non posso neanche consolarmi pensando che resterei a scuola un anno in più con Alice, dato che lei adesso non vuole nemmeno rivolgermi la parola.

Quando più tardi arrivano anche Anna e Daniele, decidiamo di mettere ai voti l'ardua scelta, se restare o vendere la casa.

Si scopre che tutti (Daniele e la mamma con un po' d'incertezza) propendiamo per la prima ipotesi. Mia madre allora si avvicina al tavolo, prende il foglio con l'offerta di acquisto e, tirando un gran sospiro, lo strappa con decisione.

Esattamente nello stesso istante in cui udiamo lo STRAAAP del pezzo di carta, la gattaiola si apre e Mimma entra miagolando. Ci buttiamo tutti addosso a lei, come fosse un giocatore di rugby in possesso della palla. La coccoliamo, apriamo per festeggiare una scatola dei migliori croccantini e le diamo da mangiare.

Dopo cena decido che è arrivato il momento di parlare a mia madre del colloquio che avrà con la preside il giorno dopo. Approfitto del fatto che lei e Daniele stanno seguendo avidamente il telegiornale e le confesso tutto.

– Mamma, volevo dirti che domani alle dieci la preside vuole vederti... – dico tutto d'un fiato.

Lei si volta e annuisce distrattamente.

– Non mi chiedi neppure perché ti ha convocato? – chiedo, sorpreso di quella reazione.

– Ma lo so! Quand'è che capirai che i miei poteri sono veri e funzionano anche bene? – protesta lei.

– Come lo sai? E da quando?

– Oh bella, da quando è successo... – risponde con serenità.

– E perché non mi hai detto niente questo pomeriggio, quando sono tornato a casa? E adesso che sai tutta la storia, cosa pensi di fare?

– Beh, andrò al colloquio, parlerò con la signora Galimberti e le spiegherò tutto quanto... so che non sei stato tu, topolino mio... – mi rincuora.

– Primo non chiamarmi "topolino". Lo sai che non lo sopporto! – mi arrabbio.

– Neppure in casa?

– No! Mi vergogno!

– E di chi?

– Dei miei lettori, ovvio! E secondo, come fai a essere così sicura che non sono stato io?

– Pietro, quante volte ti devo ripetere che ho i miei segreti? – dice lei facendo la misteriosa.

– Allora dovresti sapere anche chi è il vero colpevole... – la sfido.

– Certo! – risponde sicura. – E se vuoi te lo dico.

A questo punto interviene Daniele: – No, non puoi dirglielo. Non adesso. Non siamo ancora all'ultima pagina e non puoi rovinare il finale ai lettori!

– Va bene, vorrà dire che glielo dirò nell'orecchio, così non sentirà nessuno. Ma mi raccomando, Pietro: acqua in bocca!

– Sarò muto come un pesce – prometto. Voglio sapere chi è.

Facendosi scudo con le mani, la mamma mi sussurra nell'orecchio il nome del colpevole. La guardo incredulo mentre il mio cervello analizza i suoi indizi, che combaciano perfettamente con quelli in mio possesso.

Finalmente capisco tutto! Era così semplice... ma non ci sarei mai arrivato senza l'aiuto di mia madre. Come avrà fatto a indovinare?

Mentre Mimma mi rimbocca le coperte e mi dà la buonanotte, m'immagino già il giorno dopo, quando dimostrerò davanti a tutti la mia innocenza e quella di Carlo, e soprattutto quando la preside e Garito, di fronte all'evidenza, saranno costretti a

chiederci scusa e a restituirci la nostra gita. E tutto questo grazie a me... e all'aiutino di mia madre. Già vedo lo sguardo pieno d'orgoglio di Alice, che si butta tra le mie braccia, mentre Pandan fa la stessa cosa con Carlo.

Passo una notte al culmine dell'euforia, senza riuscire a dormire. Solo verso le due riesco a prendere sonno e la mattina dopo, quando suona la sveglia, non riesco ad aprire gli occhi. Nei limiti del possibile, mi preparo più veloce che posso e, inforcata la bici, parto, mentre risuona nell'aria il mio grido di battaglia: – SCUOLA, ASPET-TAMI! STO ARRIVANDO!

Davanti alla Monteverdi, però, il clima non è quello solito. Raggiungo alcuni miei compagni che sono nell'atrio: mi spiegano che la preside ha convocato tutti in aula magna per un'importante comunicazione.

Bene, penso tra me e me, felice. Chiarirò il mistero davanti a tutti e questo farà di me una specie di eroe della scuola.

Quando entro, l'aula magna è già stracolma di gente. Al centro, in fondo alla sala, c'è una cattedra e dietro ci sono la preside, il professor Garito e Rosa, la bi-

della. Accanto a loro una ragazzina della mia età, che non ho mai visto prima, e un adulto (forse il padre, a giudicare dalla somiglianza).

Sul lato opposto a quello dove siamo io e i miei compagni vedo Alice e Pandan, le quali però non mi degnano neppure di uno sguardo. Cerco di farmi largo tra la folla per avvicinarmi alla preside, ma lei ha già iniziato a parlare.

– Immagino che alcuni di voi siano a conoscenza dei numerosi furti che si sono verificati nella nostra scuola. L'ultimo episodio, e anche il più grave, è stato la sparizione di milleduecentocinquanta euro, che erano stati raccolti per la gita scolastica della III C. La colpa di quest'ultimo furto è stata data a due allievi di questa stessa classe.

Gran parte degli studenti stipati nell'aula si girano verso di me e Carlo.

– In primo luogo... – va avanti la preside – voglio scusarmi con loro, perché sono innocenti. Infatti, è stato scoperto il vero colpevole.

Davanti a queste parole mi blocco: forse qualcuno sa quello che so io?

– In secondo luogo, – conclude poi la preside Galimberti – voglio dare la parola allo studente della Monteverdi che ha avuto il merito di scoprire la verità.

Da dietro una delle colonne, rosso come un peperone, spunta... Bombolo!

Tra i risolini generali, Alfredo prende possesso del microfono e dalla tasca dei suoi giganteschi calzoni estrae una busta di plastica. Dopo di che si spruzza in bocca un po' di spray per l'asma e comincia a parlare.

– Questo che vedete nella mia mano – dice tirando fuori dalla busta un oggetto a noi invisibile – è un pelo che ho trovato nello spogliatoio della palestra il giorno in cui sono stati rubati i soldi di Gian Luigi. In quest'altra busta ho raccolto addirittura dei ciuffi di pelo...

«Ecco cosa stava cercando con la lente, sdraiato per terra come una manta!» pensiamo quasi nello stesso momento io e Carlo.

– Ma questo è solo uno degli indizi che ho trovato durante la mia indagine – aggiunge Alfredo, estraendo dalla solita busta altri oggetti. – Queste, per esempio, sono le confezioni di plastica che avvolgevano le mie merende. Dopo un'attenta analisi col microscopio del mio "Piccolo Chimico", ho scoperto che sono state strappate con i denti. Infatti si nota anche a occhio nudo che il taglio è molto irregolare. Per giunta, presentavano sui bordi delle evidenti e abbondanti tracce di saliva. Ma basandomi su questi pochi elementi non avrei mai individuato il colpevole. L'ultima scoperta è stata quella determinante.

L'intera aula magna pende dalle labbra di Bombolo: – Proprio ieri ho notato un particolare che mi era sfuggito. Sopra la lavagna della III C, e ognuno di voi può controllare, c'è una macchia di vernice bianca. Sapete che in palestra ci sono dei lavori di ristrutturazione: sarebbe logico pensare che il colpevole è un muratore molto peloso e vorace, come infatti hanno pensato Pietro e Carlo, i due accusati. Ma quella macchia di vernice, oltre a essere in una posizione alquanto insolita, ha anche una forma particolare. Seguendo il mio ragionamento, che dopo vi spiegherò, ho chiesto alla bidella Rosa se per

caso avesse pulito delle macchie simili. Il sospetto era fondato: Rosa aveva trovato delle macchie identiche sul pavimento vicino alla cattedra e alla finestra.

Gli studenti si stanno scocciando. Vogliono sapere chi ha rubato i soldi. Anche la preside, il più gentilmente possibile, fa segno ad Alfredo di "tagliare".

E così lui fa: – Dovete sapere che il colpevole non è uno di noi, bensì la scimmietta, la mascotte della nostra scuola.

A quell'affermazione, tutti gli studenti e i professori si guardano increduli. Alice e Roberta, presidentesse del "Monkey Fan Club", costernate, cercano un appiglio per non cadere a terra svenute.

– Ho potuto verificare che la stanza dove viene tenuta la scimmia ha una finestra rotta e che quindi l'animale può facilmente uscire. E dove può andare, se non in qualche aula dove viene dimenticata aperta una finestra? Nella III C, la mia classe, gli infissi dell'ultima finestra in fondo sono difettosi. Basta un colpo di vento perché i vetri si spalanchino. Probabilmente la scimmia, in uno dei suoi soliti giri per la scuola, è entrata in palestra, sporcandosi una zampetta di vernice, e poi, passando per il cortile, è entrata nella nostra classe. Lì è sgattaiolata vicino alla lavagna, lasciando impronte dappertutto. Curiosa come una scimmia, si è divertita ad aprire i cassetti della cattedra. Trovata una busta, quella in cui erano contenuti i soldi, chissà per quale motivo, l'ha presa e l'ha portata nel suo nascondiglio, cioè dietro l'armadio della sua stanzetta. Lì, infatti, stamattina sono stati ritrovati i milleduecentocinquanta euro, insieme al denaro di Gian Luigi e ad altri piccoli oggetti.

Poco alla volta tutti cominciano a capire. La riunione si conclude con un grande applauso, che interrompe i ragionamenti un po' complicati di Alfredo.

La preside riesce a riportare un po' di silenzio nell'aula magna. Ha ancora qualcosa da dirci: – Volevo informarvi che, proprio ieri sera, ci ha telefonato il gentilissimo direttore di un circo, padre di

questa fanciulla che è qui di fianco a me. Lei si chiama Malvina ed è la padroncina della scimmietta che per tanto tempo ci ha fatto compagnia e che, senza farlo apposta, ci ha creato un bel po' di problemi. Dovete sapere che Malvina... beh, forse è meglio che lo lasci dire a lei...

E dicendo così, passa la parola alla ragazzina. A guardarla bene è molto carina. Ha i capelli lunghi, neri come la pece, gli occhi a mandorla dello stesso colore e il nasino all'insù. Ma non aggiungo altro. Non posso innamorarmi di tutte le ragazze del libro! E poi, anche se in questo momento c'è grande crisi, il mio cuore è solo per Alice.

Intanto Malvina ha iniziato a parlare.

– Lavoro nel circo di mio padre fin da piccola e ho insegnato alla mia scimmia, che si chiama Caterina, a fare un numero molto speciale. Consiste nel sottrarre, senza farsene accorgere, un oggetto qualsiasi a una persona del pubblico e a portarmelo, per mostrarlo alla fine del numero. Per questo motivo si è abituata a rubacchiare qua e là. Mi dispiace molto che qualcuno sia stato accusato a causa

165

sua. D'ora in avanti la sorveglierò, in modo che non possa allontanarsi di nuovo e non combini più altri guai.

Roberta la guarda malissimo. Non riesce a sopportare che un animale venga fatto lavorare in un circo.

– Un'ultima cosa – riprende la parola la preside. – Voglio comunicare agli studenti della III C che la loro gita si farà.

A quel punto, Alfredo viene alzato a fatica e portato in trionfo da tutti gli studenti, sotto il mio sguardo carico d'invidia: avrei dovuto trovarmi io al suo posto! La mamma mi aveva detto tutto!

Mentre cerco di digerire la cosa, sento un urlo primordiale alle mie spalle. Mi volto e vedo Carlo che si getta a peso morto addosso a me, con un sorriso stampato in faccia.

– Non saremo sospesi, non saremo sospesi! – grida fuori di sé. La nostra gioia aumenta quando vediamo Alice e Pandan che avanzano facendosi largo nel tumulto. Ora che sanno che siamo innocenti vorranno scusarsi per il loro comportamento.

Infatti le due ragazze, appena siamo alla loro portata, ci abbracciano.

– Scusami Pietro – mi dice Alice. – Ho dubitato di te...

– Non importa – concludo io. – Tutto è bene quello che finisce bene.

A quel punto ci muoviamo per ritornare nelle nostre rispettive classi, quando mi viene in mente che non ci è stato ancora comunicato dove si andrà in gita. Allora raggiungo la preside e glielo faccio notare.

– Ah che sciocca, è vero! Me ne ero proprio scordata – squittisce. Poi aggiunge: – Immagino che siate ansiosi di conoscere la destinazione della gita...

Tutti gli occhi della III C luccicano per l'emozione e ognuno prova a immaginare quale sarà il posto prescelto. Anch'io spazio con la mente, lasciando galoppare la mia fervida fantasia. Lo scorso anno gli alunni di terza erano andati una settimana in Grecia, l'anno prima, invece, cinque giorni in Svezia. Chissà dove andremo noi: Parigi... Londra... Berlino?

– La destinazione scelta dal consiglio di classe è...

Tratteniamo tutti il fiato.

– Brescia.

– BRESCIA?! – gridiamo increduli.

167

– Beh, insomma, cercate di capire, con l'euro il nostro budget che già era basso... sapete, la svalutazione, eccetera, eccetera... comunque non voglio annoiarvi con tutti questi cavilli economici. Abbiamo dovuto ripiegare su un obiettivo più vicino. Dopotutto Brescia è una bella città e poi... è il pensiero che conta. Dico bene?

Senza neanche risponderle, ce ne torniamo mogi mogi in classe. Lì ci aspetta il professor Garito.

– Temo di dovervi della scuse – dice a me e a Carlo, guardandoci serio. – Evidentemente mi sono sbagliato sul vostro conto.

Tutta la classe lo fissa allibito.

– Quindi, da oggi in poi prometto di cambiare il mio atteggiamento. È chiaro che così non possiamo andare avanti. Perciò ho deciso di essere più severo e meno permissivo, in modo che episodi come questi non si verifichino più. E ora prendete libri e quaderni, che abbiamo già perso un'ora!

Ecco, dovevo immaginarmelo. Ricomincia il solito tran tran!

Indice

Chi è Pietro Belfiore?

Sono nato il 7 giugno 1986, a Milano. Pesavo due chili e novecentosettanta grammi. Chi c'era quel giorno sostiene che avessi uno sguardo serio e pensieroso. Ovvero tutto il contrario di come potrei descrivermi adesso, cioè sorridente e avventato. Ho una facilità enorme a finire in pasticci troppo spesso irrimediabili, non rifletto molto prima di agire e raramente riesco a fare un discorso serio. Potrei definirmi una specie di Paperino con qualche sfumatura di Paperoga e con il senso dell'umorismo di Pippo. Detto così non è granché, ma vi assicuro che è meglio di quello che sembra. Gli amici che ho sono la mia principale fonte di sostentamento. Le mie famiglie (parlo al plurale dato che mia madre e mio padre sono separati ed entrambi risposati, e quindi è come se ne avessi due) sono le mie reti di sicurezza. Le mie sorelle sono una più bella dell'altra. E la mia gatta Mimma è il mio consigliere di fiducia, severa quando sbaglio e rassicurante quando le cose non vanno bene.

In definitiva sono con-

Pietro a quattro anni con la sorellina Anna

tento di quello che faccio. Soprattutto sono felice quando scrivo: questo che avete letto o che state per iniziare è uno dei miei tre libri scritti con il Battello a Vapore e spero che ne pubblicherò tanti altri ancora. Non tutto quello che è riportato qua dentro è autobiografico, nonostante molti personaggi siano chiaramente ispirati a persone realmente esistenti. Adoro

Pietro Belfiore

giocare a calcio e tifare la mia squadra. Adoro mangiare, spaparanzarmi in spiaggia d'estate (possibilmente in campeggio), guardare un sacco di film e ovviamente uscire con gli amici. In definitiva sono una persona normalissima e mi va benissimo così. Unico segno particolare: non mi piace la cioccolata.

Pietro Belfiore

Chi è Sara Not?

*Sara a quattro anni,
con la sorellina Elisa*

Sara Not ha ben trent'anni però disegna ancora come una bambina (e solo quando ne ha voglia). Va e viene tra Milano e Trieste e non si sa mai dov'è. Il fatto è che si fa trasportare dalla bora, vento capriccioso e freddino del nord est, anche se fa credere a tutti di viaggiare in treno.

Da due anni vive con Sissi, amica fedele, chiamata anche Mocio Vileda o Patata, una cagnolina pelosa dallo sguardo dolcissimo. Insieme inventano, disegnano, colorano, ma è Sissi che fa il grosso del lavoro...

Sara Not

Quando il loro computer Mac Pino va in tilt, inforcano la vecchia bicicletta verde e sfrecciano verso il parco.

Da secoli Sissi tenta di insegnare a Sara ad andare senza mani, ma è un caso senza speranza. Durante queste spericolate evoluzioni ciclistiche, la coraggiosa cagnolina, affacciata al manubrio dal suo cestino, lancia appelli disperati ai passanti. Bambini, se le vedete, non esitate a intervenire! Tornate nella loro mansarda, leggono un bel libro, cucinano una buona cenetta e sono pronte a uscire con gli amici. Quando si annoiano, aspettano la bora che le porta al mare.

Sara Not

Ti è piaciuto questo libro?
Allora puoi leggere anche:

Anna Vivarelli
Il mistero di Castlemoor

Davide è sicuro che le sue vacanze a Castlemoor saranno terribilmente noiose. Ma, una volta arrivato, scopre che il villaggio nasconde dei segreti e che le voci su rovine abitate da fantasmi, mitiche armature d'oro e cavalieri venuti dal passato sono tutt'altro che leggende…